1

Año del copyright: © 2009
ISBN 978-1-4467-5968-4

La leyenda de los Tarazashi

Francisco Angulo Lafuente

La leyenda de los Tarazashi

Mi pueblo siempre había vivido en armonía con la naturaleza, pues la tierra era nuestra madre.

Nuestros dominios se extendían al norte hasta las grandes montañas y al sur llegando al gran río. Eso era todo lo que conocíamos, ninguno de nosotros cruzó jamás más allá. Mi abuelo me cuenta historias de nuestro pueblo cuando por las noches nos sentamos al calor de la hoguera. Contaba que nuestros ancestros tuvieron que cruzar las cumbres nevadas de las altas montañas, pues eran nómadas que caminaban sin rumbo fijo, viviendo de lo que encontraban por el camino. Al llegar a este precioso lugar un sueño les reveló la forma de cultivar la tierra. Ahora disponíamos de alimentos de sobra y no era necesario continuar vagando. Nuestra dieta era principalmente vegetariana únicamente en las épocas de escasez; en los inviernos más duros recurríamos a la caza. Todos los seres vivos del bosque eran parte de nuestra familia, así que intentábamos intervenir lo menos posible, dejando que la madre naturaleza hiciese su labor.

Cuando era niño jugábamos a trepar a los árboles; aunque era un juego infantil también aprovechábamos para recolectar algunos huevos de pájaro, dejando siempre al menos dos en cada nido para que la vida no se viese afectada. Teníamos multitud de leyendas, de historias que mi abuelo me contaba. Cuentos sobre el rey de los lobos Nazrat o un animal solitario convertido en semidiós.

1

Nawi se había convertido en un mozo fuerte y apuesto; las muchachas del poblado hablaban a menudo de ello. Nawi era el diminutivo de Sanawi-Taraki que en nuestro idioma se podía traducir por agua de lluvia. Nawi siempre fue algo diferente del resto de niños del poblado. Se interesaba con curiosidad por todo tipo de cosas que a los demás les podían resultar insignificantes y aburridas. Mientras el resto de críos jugaban a los típicos juegos, él dedicaba más tiempo a explorar los alrededores. Esto le distanció un poco del grupo, pero él ni siquiera lo apreció. Kokori era un pequeño algo más bajo de lo normal para su edad y también más lento; no era tonto, pero a veces necesitaba algo más de tiempo para comprender las cosas. Los demás no querían jugar con el y lo llamaban bebé. Una mañana, cuando Nawi salía a realizar una de sus pequeñas exploraciones, el pequeño Kokori le siguió. Nawi lo nombró su ayudante, de esta forma podían jugar juntos investigando los alrededores. Normalmente lo que solían hacer era buscar pruebas de las leyendas que les contaban sus abuelos. Según fueron haciéndose mayores, se adentraban más en el bosque y sus andazas comenzaban a convertirse en míticas. Siempre se embarcaban en alguna aventura y el poblado no hacía más que hablar de ellos. Para la mayoría eran un par de locos, pero las habladurías era lo que menos les preocupaba. El abuelo de Nawi continuaba contándoles algunas historias por la noche al calor de la hoguera. Los dos muchachos escuchaban con atención y planeaban bien las incursiones en busca de pruebas de sus antepasados. Les intrigaba saber de donde venían y sobre todo encontrar las huellas de sus ancestros. Algunos relatos parecían poco creíbles; se trataba de fábulas donde los animales hablaban y poseían poderes mágicos; en cambio otras resultaban más verosímiles y en todas ellas se encontraba oculta pedazos de su historia. La leyenda de cómo cruzaron el mar y llegaron hasta estas tierras, la historia del creador que vivía en una cueva y había sido trasladado desde las antiguas tierras, cuando el nivel del mar subió y las cubrió para siempre. Por suerte, eran experimentados marinos y tuvieron tiempo para partir en sus navíos. El gobierno quedó disuelto y se decidió que la mejor forma de garantizar la supervivencia era partir en todas direcciones; muchos partieron hacia el sur y el este donde conocían otras tierras, pero unos pocos partieron hacia el oeste en busca de lo desconocido. Un largo viaje no exento de peligros les llevó a un nuevo mundo. En aquel lugar la vegetación era exuberante y los animales tan variopintos y extraños como la imaginación de un pintor alcanzase a soñar. Fue este grupo el que se enfrentó al mayor reto; los demás partieron a zonas conocidas donde se pudieron instalar y prosperar con facilidad debido a sus amplios conocimientos; por ello partieron con la deidad, esperando de su protección y ayuda ya que con toda seguridad la iban a necesitar. Del creador, también llamado la reliquia, se hablaba mucho en casi todas la antiguas historias, y Nawi dedujo que tenía que haber algo de verdad en todo aquello. Su pueblo se había trasladado varias veces en busca de mejores zonas de cultivo, pero durante mucho tiempo vivieron en lo más profundo del bosque, donde las frondosas copas de los árboles apenas dejan que la luz del sol llegue al suelo. Tenían que encontrase vestigios del antiguo poblado y si las leyendas eran ciertas quizás encontrase la reliquia perdida. Varias veces las expediciones de los dos jóvenes habían alborotado a todo el poblado, sobretodo cuando se perdieron en la selva durante tres días. Esta vez sí que se encontraban verdaderamente en apuros. Kokori estaba más preocupado por la reprimenda que sus padres le echarían que por encontrar el camino de vuelta. Por suerte sabían mucho de botánica, lo que les proveía de alimentos. Al temor de no encontrar el camino de vuelta se sumó el de una extraña presencia que parecía seguirles a distancia. Se prepararon para pasar la noche sobre las ramas de un árbol, donde estarían a salvo de la humedad del suelo y de los posibles depredadores nocturnos. Los temores de Nawi se confirmaron esa misma noche cuando pudo ver la sombra de un animal que merodeaba en los alrededores siguiendo su rastro. En las profundidades del bosque vivían depredadores temibles, felinos de gran tamaño que podían devorar a un ser humano. Al día siguiente caminó con más cuidado, siempre atento a su perseguidor y finalmente pudo ver que se trataba de un perro grande. *Para los Tarazashi no había apenas diferencias entre un perro y un lobo. En su lengua a menudo diferenciaban al segundo únicamente por el tamaño.* El joven Nawi decidió que lo mejor era seguir a su hermano lobo, ya que el sabría como salir de la selva. El animal siempre se dejaba ver, para que no perdiesen el rastro y finalmente consiguieron regresar al poblado.

- ¿Qué es ese animal que aparecía a lo lejos? —preguntó Kokori cuando caminaban por el sendero que les conducía al poblado.

- Ese lobo es nuestro hermano Nazrat.

Finalmente su incesante búsqueda de pruebas había dado su fruto. Nawi estaba seguro de haber visto al mismo Nazrat, el mítico lobo que aparecía en los cuentos que su abuelo le contaba.

Yetami era la hermana pequeña de Nawi; su nombre quería decir flor, pero todo el mundo la llamaba Tami, que era más corto y le quedaba mejor a la pequeña. Era una niña un poco extraña, había salido a su hermano. Siempre le estaba imitando, ella también quería salir a explorar. Los pequeños aprendían todo de sus padres, aquí no había escuelas, pero disponían de profesor particular las veinticuatro horas del día. Aprendían ha realizar las labores domésticas imitando e intentando ayudar a sus madres; también aprendían a sembrar y recolectar con sus padres. Luego por las noches atendían a los cuentos y leyendas que contaban la historia de sus antepasados. Hoy en día los padres suelen pasar poco tiempo con sus hijos; las largas jornadas laborales les impiden dedicarles más. Pasan la mayor parte del día en guarderías y colegios, donde se ocupan de ellos. El problema es que para aprender algunas cosas se necesita a los padres. Los pequeños copian la forma de actuar de los mayores y hay cosas como la educación, la honestidad, la justicia o la honradez, que no pueden aprenderse de un libro. La pequeña Tami, que quería ser como su hermano, desapareció una mañana, justo después de que Nawi saliese a preparar una de esas aventuras. Lo siguió sigilosamente hasta la casa de Kokori; después subieron por el sendero del bosque hasta una pequeña cueva, camuflada entre los matorrales, donde guardaban todo el equipamiento para la expedición. Tami permanecía siempre a una distancia segura donde no pudiesen verla. Ya desde los cuatro años andaba tras los pasos de su hermano, pero entonces aun era demasiado torpe como para seguirle. Ahora había crecido y casi contaba con nueve. Su desaparición alertó a todo el poblado; la buscaron por uno y otro lado, pero nada, nadie la encontraba. No estaba en el arroyo, tampoco en la pradera, incluso escudriñaron las cercanías del bosque, por si se le hubiese ocurrido entrar en busca de setas. Sus padres estaban muy preocupados; era una niña un tanto rebelde, pero nunca les había dado ningún susto como este. Se reunieron todos para ver qué podían hacer y dada las circunstancias lo único que les quedaba por hacer era ponerse a rezar, para que el dios de los Tarazashi velase por ella y la protegiese allí donde se encontrase, iluminando su camino de vuelta a casa.

La vida en la aldea era bastante tranquila, no tenían enemigos, ni siquiera sabían que hubiese más seres humanos en el mundo a parte de ellos. Estaban totalmente aislados y todo su tiempo lo dedicaban a las labores cotidianas y a las muchas celebraciones, festejando las llegadas de las nuevas estaciones, del nuevo año, los nacimientos y cumpleaños de cada miembro de la tribu; por una u otra causa, casi todas las semanas todo el poblado terminaba cantando y bailando a la luz de las hogueras. Las chicas jóvenes se solían agrupar en una zona y hacían comentarios sobre los muchachos. Ellos, sentados enfrente también hacían lo mismo y siempre había algún atrevido que se acercaba al grupo de las chicas para sacar a alguna a bailar. Apenas utilizaban instrumentos para hacer su música, casi todo se hacía mediante un coro de voces y con las palmadas de todos se marcaba el ritmo. Continuamente se pasaban bandejas con exquisitos manjares y dulces elaborados especialmente para la ocasión; también toda clase de zumos y algunos licores suaves que fermentaban a partir de la fructosa de algunos alimentos. Los jóvenes no solían beber este tipo de brebajes, pero algunos hombres adultos eran muy dados a ello

12

y a menudo había que ayudarlos a llegar a casa. El padre de Kokori era uno de ellos, pero su mujer, que tenía muy mal genio, siempre aprovechaba para hacerle alguna trastada. Una vez le colocó un montón de vasijas y cuencos llenos de agua en la entrada y el hombre que llegó tambaleándose después de las celebraciones, se tropezó con todos y terminó empapado de agua. La madre de Kokori era muy alta y gruesa; tenía más fuerza que la mayoría de hombres del poblado y el padre era más bien pequeño y esmirriado. A menudo cuando la vista se le iba hacia alguna de las jovencitas que se sentaban enfrente, su mujer le hacia recobrar el sentido común de un sopapo. Le daba tales collejas que interrumpía las canciones con su estrépito. Eran situaciones muy graciosas y los niños siempre estaban atentos a la pareja ya que les provocaba una intensa risa. De alguna forma se habían convertido en la pareja cómica de la tribu y a veces daba la sensación de exagerar las situaciones para que todo el mundo se enterase y pudiesen reír bien a gusto. Kokori había crecido convirtiéndose en un joven alto y fuerte, al heredar la genética de la madre; era posiblemente el más grandullón de todo el poblado; pero era muy tímido y aunque le gustaba mucho una muchacha de la que no paraba de hablar todo el rato, no se atrevía a decirle nada. Lo menos que se podía hacer por un amigo era acercarse a hablar con la chica, pensó Nawi. Él no tenía tiempo de pensar en mujeres, estaba demasiado ocupado en sus asuntos. Tuvo que planear muy bien sus movimientos, ya que si se acercaba a la joven directamente en medio de la fiesta, todos pensarían que era él quien quería declararse, pues así era como siempre se hacía; hasta el momento nadie se había acercado a una chica para hablarle de un amigo. Esperó a que se levantase y fuese a buscar unas cintas de colores a su casa;

13

entonces disimuladamente abandonó el grupo y corrió para cruzarse con ella en el camino. La muchacha se sorprendió mucho cuando Nawi se acercó a hablar; esta pensó que quería salir con ella. La historia que le contó no le pareció nada convincente y la muchacha se le lanzó literalmente en un descuido y le dio un beso en la boca.

- ¿Pero no has escuchado lo que te he dicho?
- ¿Pero lo decías en serio?

La joven al darse cuenta de la confusión se sintió despreciada y salió a toda prisa hacia su casa, lloriqueando por el camino. Ahora sí que estaba en un buen lío: ¿cómo le contaba a su mejor amigo la situación sin hacerle daño y sin que este pensase que había utilizado la ocasión en beneficio propio? Pero esto no era todo; seguramente ella contaría lo que le pareciese a sus amigas, retocando lo sucedido para no quedar en mal lugar, lo que le dejaría a el muy mal parado ante el resto de miembros de la tribu.

A la mañana siguiente, no sabía qué contarle a Kokori; quería explicárselo de alguna manera que no le hiciese daño. Se estaban preparando para la gran expedición y transportaban todo el material necesario a una cueva poco profunda que se encontraba a las afueras. Ya disponían de las cosas más importantes, como un pedernal para poder encender fuego y unas calabazas huecas donde transportar el agua. A lo lejos, Nawi vio la silueta de una persona que se les acercaba y el corazón le dio un vuelco al confirmar sus peores temores: se trataba de Farfalá, la joven con la que tuvo el incidente la noche anterior. Estaba claro que se iba a liar una gorda.

- ¿No es esa la chica que te gusta?

- Si, es Farfalá; solo con mirarla ya me pongo colorado.

- Bien, pues si quieres salir con ella cuando yo te diga te tiras sobre mi y te lías a darme puñetazos.

- ¿Pero te has vuelto loco?

- ¡Calla y haz lo que te digo, que ya llega!

Efectivamente cuando Nawi dio la señal, su amigo se puso hecho una fiera con él y se lió a darle golpes. La muchacha se quedó conmocionada por la escena. Entonces Nawi gritó:

- Lo siento no sabía que de verdad estabas saliendo con ella.

Farfalá se quedó en silencio y cuando Nawi la miró a la cara esta contestó:

- Si, así es, Kokori y yo estamos saliendo juntos.

Kokori se puso rojo como un tomate y se quedó mirando a la chica sin saber qué decir.

- Nos vemos después de la cena —dijo la joven y se alejó caminando muy estirada.

La muchacha, por despecho, al sentirse rechaza la noche anterior por Nawi, encontró una buena escapatoria quedando con Kokori. También era cierto que se quedó impresionada de su fuerza y de cómo tiró a Nawi al suelo de un empujón.

Qué peso se había quitado de encima; parecía que al menos esta vez la suerte estaba de su lado. Ahora iban a necesitar algo más para conseguir encontrar el antiguo asentamiento de sus antepasados. Estaban ultimando los preparativos para salir en una expedición que se adentraría en lo más profundo de la selva, donde deberían guiarse por los mensajes ocultos que escondían las viejas canciones y las antiguas historias. El encuentro fortuito con aquel lobo para Nawi fue la confirmación de encontrar pruebas ocultas en las leyendas de sus antepasados. Por algún motivo abandonamos aquel emplazamiento, dejando allí parte de nuestra cultura e incluso la estatua de la reliquia sagrada. Parecía como si hubiésemos tenido que salir corriendo de aquel lugar y sólo pudimos llevarnos lo puesto. Por suerte, siglos de canciones y leyendas fueron pasando de generación en generación, llevando en ellas parte de nuestro legado. Ahora era el momento de averiguar lo sucedido y quizás el de volver a la antigua ciudad a la que se nombra en algunas canciones. Una villa de piedra blanca que brillaba al sol resplandeciendo como la nieve, con su gran templo central construido para que el paso de los Tarazashi por la tierra jamás fuese olvidado. Hay varias historias que hablan del abandono de la ciudad; unas dicen que se debió al árido clima, otras en cambio hablan de la decadencia de aquella sociedad, pero la más creíble para Nawi era que partieron de regreso a casa. Habían utilizado ese emplazamiento como refugio, pero después de esperar mil años, el plazo acordado, se debían reunir con los diferentes grupos que se habían esparcido por todo el mundo. El pueblo de los Tarazashi volvería a ser uno, uniéndose de nuevo y, como lo decían las antiguas escrituras, gobernar sobre la tierra para proteger y cuidar a todos sus habitantes. Pero al alejarse del lugar sagrado, algo tuvo que suceder, alguna catástrofe, que sólo permitió sobrevivir a unos pocos, los que formaron nuestro poblado. El encuentro con los hermanos de todas las regiones del mundo jamás se produjo; la reliquia nunca regresó a su lugar de origen y hubo de permanecer perdida en lo más profundo de la selva. Pero el joven pensaba que aún estaban a tiempo de hacer algo; era el momento de regresar a la antigua ciudad, recobrar su legado e incluso de devolver la reliquia al lugar sagrado. Si los antiguos habían esperado mil años, a lo mejor podrían esperar unos pocos más. Quién sabe: descendientes de los antiguos podrían seguir esperando la llamada que les convocase en el lugar sagrado.

Después de la cena, Nawi se acercó a ver a Kokori, que aún no se encontraba preparado para salir.

- Creo que la comida estaba en mal estado, quizás he comido demasiado. Tengo la tripa inflada y la cabeza no deja de darme vueltas.

- Déjate de tonterías, sal ahora mismo o tendré que llevarte arrastras.

El grandullón temblaba como una hojita y los nervios de su primera cita le estaban jugando una mala pasada.

- No pienses en nada y disfruta de esta noche, que mañana al despuntar el alba partiremos como habíamos acordado.

Los dos bajaron por el sendero hasta la pradera donde a lo lejos se podía ver a la joven Farfalá. Nawi se paró en aquel lugar, a una distancia prudencial, para que la chica no pudiese verle y le dijo a su amigo que fuese en su busca. Pero nada, no se movía, parecía haberse quedado paralizado. Entonces, escondido tras los arbustos, le lanzó una rama a la cabeza y parece que el golpe le hizo reaccionar. Nawi contempló a los jóvenes charlar y pasear por la pradera, momento que aprovecho para marcharse y dejarlos solos.

El nuevo día amaneció gris, y una fina lluvia caía incesantemente. A primera hora ya se encontraba en casa de Kokori, que como siempre se había quedado dormido. El muchacho se despertó y rápidamente preparó sus cosas. Nawi no dejaba de observarlo detenidamente. Tenía todo el rato una estúpida expresión en el rostro y no dejaba de hablar de Farfalá. Caminaron hasta el escondite donde guardaban todo el material y se distribuyeron bien todos los bártulos. Llevaban varias calabazas con agua, colgadas en forma de bandolera por unas cuerdas de fibras vegetales que ellos mismos habían trenzado. La comida, en su mayoría frutos secos, los llevaban en una especie de cesto de mimbre, que portaban a la espalda a modo de mochilas.

- Bien, ya estamos preparados. Saldremos en dirección noroeste cruzando el bosque hasta llegar al río grande. Luego seguiremos su cauce hacia arriba, ya que en teoría, según las leyendas, cerca de su nacimiento debe de encontrarse la antigua ciudad.

- No sé Nawi, ahora ya no me parece tan buena idea, quizás los viejos cuentos no sean más que eso.

- Ya veo que hoy estás un poco atontado, pero si te quedas Farfalá pensará que eres un cobarde.

Nawi emprendió camino en solitario; llevaba mucho tiempo planeando esta expedición y si su mejor amigo no quería acompañarle pues partiría él solo. Caminó por el sendero dejando atrás a Kokori y pronto llegó a la entrada del bosque; los enormes árboles le daban la bienvenida cobijándole de la fina lluvia. El denso follaje no dejaba pasar mucha luz y en días como este parecía de noche. Al poco rato escuchó unos pasos que andaban apresurados a su espalda.

- ¡Espera, espera que ya voy!

- Pensé que te ibas a perder nuestra mayor aventura.

- Kokori nunca abandona a un amigo…

Nawi respiró aliviado, pues aunque era un muchacho valiente, no se sentía demasiado seguro de poder llevar acabo la expedición en solitario. Habían calculado que al menos tardarían tres días en remontar el río; así que llevaban bastantes cosas para por lo menos diez, aunque seguramente encontrarían alimento por el camino.

Era muy complicado poder orientarse en aquel lugar, debían andar con mucho cuidado si no querían perderse. Sus pequeñas aventuras les sirvieron como aprendizaje, y ahora se manejaban bastante bien en la selva. El primer tramo hasta el río grande no presentaba demasiada dificultad ya que los dos muchachos ya conocían el camino, fue una de sus primeras expediciones. Mientras Nawi marchaba en cabeza muy atento a las señales, para no salirse del camino, Kokori le seguía a dos metros sin para de hablar de la noche anterior y de lo guapa e inteligente que era Farfalá. Cuando ya llevaban caminando muchas horas y la tripa no dejaba de sonarle al grandullón, se sentaron en un pequeño claro, una praderita de apenas cincuenta metros cuadrados, de forma circular. La hierba crecía muy verde y entre ellas miles de minúsculas flores de colores. Los enormes árboles con sus grandes raíces, proporcionaban un buen lugar para sentarse. El cielo se despejó mientras comían algunas tortas de maíz con bayas que les preparó la madre de Nawi. Qué bien sabía la comida cuando se tenía hambre y se encontraba uno en un bonito paraje natural. Comentaron algunas de sus antiguas excursiones, que estaban plagadas de anécdotas. Terminaban riéndose a carcajadas, recordando algunas de aquellas situaciones. Luego, el silencio se hizo durante unos minutos y los dos chavales pensaron en las dificultades que se encontrarían por el camino y los peligros de la empresa.

- ¡Vamos! Hay que ponerse en pie; ya sólo nos quedan unas cuantas horas para llegar a la ribera. Tenemos que llegar con tiempo de sobra y montar el campamento donde pasaremos la noche, antes de que el sol se ponga.

Kokori asintió con la cabeza y se pusieron de nuevo en marcha. La zona en la que se estaban adentrando era mucho menos conocida y había muchas historias que hablaban de animales peligrosos y de muchachos que se perdieron en aquel lugar y nunca encontraron el camino de regreso a casa. Nawi no creía mucho en estos cuentos; para él eran únicamente invenciones para que los niños no se alejasen del poblado. Quizás esto no le preocupase, pero cada uno tenía sus propios temores. Desde pequeño siempre le habían dado miedo las serpientes y cuando su abuelo le contó la historia de la gran anaconda que se tragaba a los niños que quedaban dormidos a la orilla del río, tuvo pesadillas durante muchos días. Desde entonces tenía un miedo irracional a los reptiles y siempre que se cruzaba con alguno se le ponían los pelos de punta. En algunas ocasiones, cuando caminaba bajo las copas de los árboles, miraba involuntariamente hacia arriba, pues se contaba que algunos de estos animales se lanzaban desde las ramas, enroscándose en los cuellos de las personas y las estrangulaban. Seguramente era otro de esos estúpidos cuentos para asustar a los niños, pero aun así, según caminaban miraba de vez en cuando hacia arriba, no fuese a ver alguna culebra. Kokori era algo más lento y le costaba seguir el paso; en algunos tramos se distanciaba bastante y tenía que parar a esperarle. Parecía mentira que aquel niño tan pequeño del que todo el mundo se reía y con el que todos se metían, se hubiese convertido en un muchacho tan grande y fuerte. Ahora, ni jóvenes ni mayores se atrevían a mantenerle la mirada; aunque era seguramente el chico más tranquilo de todo el poblado, su aspecto embrutecido infundía respeto. Llevaba el pelo recogido en seis trenzas que le colgaban por ambos lados; su pelo era negro como el carbón, con reflejos azulados y sus ojos eran de un tono similar. Nawi en cambio era delgado, menos corpulento, pero con un tono muscular más definido. Su pelo era de un color castaño claro y sus ojos similares a la miel hacían juego. Llevaba el pelo suelto que le llegaba hasta los hombros. Todo el poblado vestía el Kanail, una especie de falda corta que terminaba sobre la pantorrilla. Los niños iban desnudos hasta los nueve años, cuando sus padres les regalaban el primer Kanail y se celebraba con una fiesta. El tejido de fibras vegetales era parecido al algodón, quizás algo menos refinado y cada familia los solía tintar y decorar de una forma particular.

El sol hacía horas que descendía y la jungla se llenaba de ruidos. En ese lugar, en algunas ocasiones, los animales autóctonos emitían tanto ruido y armaban tal alboroto, que hacía difícil incluso que las conversaciones de los muchachos se pudiesen entender. Algunas aves emitían unos sonidos que se confundían con voces humanas; cuando cantaban por la noche el bosque se convertía en un lugar tenebroso.

Todo marchaba según lo previsto y unas horas antes de anochecer alcanzaron la orilla del río grande. Por su cauce bajaba un caudal enorme y su fuerte corriente producía remolinos en la superficie. De una orilla a otra podía haber fácilmente más de quinientos metros; ésta era una de las cusas de que fuese el límite de los territorios de los Tarazashi, ya que ninguno de ellos había cruzado nunca hasta el otro lado. El plan de Nawi era sencillo, como era prácticamente impensable cruzar el río por aquel lugar; a nado era totalmente imposible y cualquier embarcación se volcaría y hundiría por la fuerte corriente; así que pensó en seguir por la ribera, montaña arriba, hasta llegar a una zona cercana a su nacimiento, por donde podrían cruzar sin peligro. Se prepararon para pasar la noche en un pequeño claro justo a la orilla del río, donde los árboles parecían haber dejado el espacio suficiente para que creciese un pequeño jardín. Mientras Kokori buscaba leña para preparar una hoguera, Nawi construía una especie de literas, atando ramas entre dos troncos; de esta forma, dormirían a metro y medio del suelo, evitando la humedad. También fabricó una especie de techado trenzando unas hojas largas, para protegerse en caso de que comenzase a llover. Se sentaron al lado del fuego, pero ninguno de los dos muchachos abrió la boca, estaban demasiado cansados para ponerse a charlar; únicamente miraban cómo algunos soplos de viento avivaban el fuego desprendiendo unas ascuas que volaban chisporroteando. Kokori no podía mantener los ojos abiertos, los párpados le pesaban demasiado. Entonces escucharon algo; Nawi llevaba escuchando ruidos todo el día, en algunas ocasiones le parecieron pasos, pero pensó que debía de tratarse simplemente del viento. Pero ahora que estaban en silencio sí pudo escucharlos con mayor claridad. Estaba seguro de que se trataban de los pasos de una persona. Se escondió tras los matorrales, mientras Kokori permanecía dormido cerca del fuego. Vio entonces la silueta de una persona acercarse a hurtadillas. Saltó de su escondite abalanzándose sobre ella y la agarró entre sus brazos.

Kokori se despertó sobresaltado al escuchar los ruidos y se quedó boquiabierto al contemplar la escena.

- ¿Pero qué haces tú aquí? —le preguntó Nawi a su hermana pequeña.

Tami les había seguido todo el día, cruzando todo el bosque; estuvo caminando tras ellos sin agua ni comida. Nawi se enfadó bastante con ella, sobretodo por el susto que les tenía que haber dado a sus padres; seguramente en la aldea están todos buscándola. También se preocupó mucho, ya que le podía haber sucedido cualquier cosa en una travesía tan larga.

- Pasaremos aquí la noche y por la mañana regresaremos al poblado. Nuestra expedición tendrá que esperar.

Kokori parecía alegrarse, sinceramente prefería volver al poblado, sobre todo ahora que tenía novia.

- Toma, come algo antes de acostarte, seguro que estás hambrienta —le dijo Kokori mientras rebuscaba en su cesto algunas tortas dulces que llevaban trozos de fresa por encima.

La niña se sentó al lado del fuego, entre los muchachos, mientras cenaba tranquilamente, con cara de felicidad. Aunque sabía que a la mañana siguiente volverían al poblado, por esta noche se sentía parte del grupo, como si ella también fuese una exploradora.

Estuvieron sentados hablando sobre cómo y cuándo organizar todo nuevamente, pero Tami no dejaba de interrumpir haciendo preguntas, para enterarse bien de todo. Nawi no era una persona

23

que se enfadase fácilmente y en seguida solía olvidársele cualquier incidente; en esta ocasión tampoco serviría de mucho; ya se encargarían sus padres de aplicarle el castigo correspondiente por su escapada. Cruzar la selva sola es muy peligroso, podía haber caído en algún pozo natural, de los que se formaban sobre el terreno. La base caliza bajo la tierra fértil, era porosa y se desprendía en algunas ocasiones, formando unos pozos con forma de chimenea que desembocaban en ríos subterráneos. Hay que andar con mucho cuidado por estos sitios: la abundante vegetación puede tapar la boca de entrada, convirtiéndose en una auténtica trampa. Por otra parte, había infinidad de animales peligrosos con los que debían de tener mucho cuidado.

Terminada la rica torta, bebió un poco de zumo y después se subieron a las rudimentarias literas que colgaban de uno a otro árbol y se dispusieron a dormir. Estaban tan cansados que nadie se levantó a echar leña al fuego y un par de horas después este se apagó. Nawi dormía profundamente, aunque su hermana no le dejaba demasiado sitio y tenía un brazo colgando hacia fuera. Estaba a punto de caerse y darse un buen golpe, ya que el entramado de ramas se encontraba a casi dos metros del suelo. Kokori en cambio dormía a pierna suelta; disponía de toda la cama para él solo y se le podía ver sonreír de vez en cuando mientras dormía. Desde su cita con Farfalá no paraba de soñar con ella. La apacible noche se llenaba de sonidos, cantos de aves y de todo tipo de animales nocturnos. Al muchacho que dormía plácidamente le parecían como una canción de cuna. Ahora no había nada de lo que preocuparse; a la mañana siguiente volverían al poblado y vería de nuevo a su chica.

Un tremendo golpe le lanzó al suelo, no era capaz de asimilar lo ocurrido; la oscuridad era total y sólo podía discernir unos bultos moviéndose enfrente. Escuchó voces y gritos y el rugido de un leopardo. No debían de haberse dormido dejando que el fuego se apagase; en esta zona había muchos depredadores, que además son muy territoriales y atacan a todo aquel que invade sus dominios. Kokori no sabía qué hacer; escuchaba voces y rugidos por todas partes, luego Nawi gritó:

- ¡Corre, corre!

Los gritos se distanciaban y el muchacho salió corriendo, intentando despistar al animal. Correr en mitad de la noche por medio de la jungla, era muy arriesgado. Kokori corría con los brazos extendidos hacia delante, echando la vegetación a uno y otro lado y evitando que las ramas le golpeasen en la cara. Parecía que el leopardo le estaba siguiendo; escuchó cómo algo intentaba darle alcance. El corazón le latía con fuerza y solo pensaba en correr lo más rápido posible, para alejarse de aquella cosa. De repente el suelo desapareció bajo sus pies y se notó ingrávido durante unos instantes; después aterrizó bruscamente contra el fondo de una sima; por suerte no era demasiado profunda y no se rompió nada en la caída. No podía ver más que unas pequeñas luces formadas por agujeros en el denso follaje de las copas de los árboles. Escuchó claramente al depredador merodear por el borde del pozo, a un par de metros de altura e intentó encontrar algo por el suelo, un palo o una piedra que le pudiese servir como arma defensiva ante el inminente ataque. No encontró nada, pero fuera escuchó una especie de pelea entre las alimañas; parecía que había más de un animal peleándose por ver quién se comía al muchacho. Luego se hizo el silencio, pasaron varios minutos y no sucedió nada; entonces se puso en pie y salió de la zanja. Caminó despacio sin hacer ruido durante el resto de la noche. Cuando la luz de la mañana hizo su aparición se sintió más seguro y el cansancio comenzó a pasarle factura. No sabía dónde se encontraba, ni cómo regresar al poblado; tampoco tenía comida ni agua y apenas podía mantenerse en pie. Se recostó sobre el tronco de un árbol en un lugar que le pareció confortable. Se quedó dormido, pero esta vez no tuvo dulces sueños; no soñó con la aldea; en su lugar, pensamientos angustiosos le venían una y otra vez a la cabeza. Soñaba continuamente que un depredador le perseguía en la oscuridad y por mucho que corría, no conseguía escapar de él. Se despertó de un sobresalto y pudo ver el sol brillando en lo alto; debía de ser más de medio día. Intentó seguir el rastro de sus huellas para regresar al campamento, pero le fue imposible; lo único que le quedaba era caminar hacia el oeste; de esta forma, tarde o temprano tendría que encontrase con el río. Caminó todo el día y aprovechó para ir recogiendo todo tipo de plantas y frutos comestibles que encontró por el camino. Al menos estas pequeñas cosas le reconfortaban un poco. Aunque de ninguna manera se le olvidaba lo sucedido y pensaba en la suerte que podían haber corrido Nawi y la pequeña Tami.

2

Llevaba observando a los muchachos desde que salieron del poblado; quizás si sólo fuesen los dos mayores no se hubiese preocupado tanto, pero al ver a la pequeña que les acompañaba algo distanciada, pensó que lo mejor sería seguirles. Nazrat solía merodear por los alrededores del poblado e intentaba cuidar de los niños y muchachos incautos que se internaban en el bosque sin ver el peligro y terminaban perdiéndose. Cuidaba de ellos como si se tratase de un rebaño de ovejas; unas veces los asustaba para que volviesen a la aldea y otras en cambio no le quedaba otra solución que intentar guiarlos de nuevo por el camino de regreso a casa. A los dos muchachos que marchaban en cabeza ya los conocía; no eran muchos los chavales que se adentraban en la selva, pero estos dos siempre le estaban dando trabajo.

Nazrat era ya un lobo muy viejo; ¡quién sabe cuántos años tendría!; con el paso del tiempo había adquirido muchos conocimientos y esto le hacía diferente de cualquier animal, ya no se podía decir que fuese simplemente un lobo; desde luego, tampoco era una persona, pero seguramente, aunque no sabia hablar, era mucho más inteligente que la mayoría de ellas.

El lobo los seguía sigilosamente a una distancia prudencial; su agudo olfato le permitía saber exactamente por dónde andaban, sobre todo el olor dulce de la pequeña. Tami solía llevar una especie de perfume que preparaba su abuela secando algunas flores y plantas, que más tarde las trituraba convirtiéndolas en un fino polvo que diluía en agua. Después de andar durante todo el día llegaron a la orilla del río grande. Hacía mucho tiempo que ningún hombre llegaba tan lejos y parecía que su intención era seguir montaña arriba hacia el nacimiento. La niña se quedó a unos metros del campamento y Nazrat se mantuvo cerca, velando por su seguridad. Estaban en zona peligrosa, en territorio de leopardos. Podía oler sus marcaciones territoriales en cada árbol. Con la noche la oscuridad envolvió todo en su velo negro. Casi no podía verse nada, solo los depredadores podían ver en aquella oscuridad. La niña se unió finalmente al grupo y todos permanecieron sentados al calor de la hoguera. El olor a madera quemada y la viva luz que desprendía el fuego, mantenía alejados a los depredadores. El lobo estaba muy inquieto; hacía ya rato que había notado la presencia de un leopardo. Estos animales eran muy agresivos y atacaban a cualquier intruso que entrase en sus dominios. Él no podía enfrentarse cara a cara a uno de estos animales; su fino oído y su desarrollado olfato le permitían mantenerse alejado para que no se produjese una confrontación. Los muchachos estaban en serio peligro, pero aquel animal no atacaría mientras hubiese fuego encendido.

Los jóvenes se fueron a dormir y se olvidaron de alimentar la lumbre; Nazrat contempló cómo poco a poco el brillo de esta disminuía hasta apagarse por completo. Entonces escuchó al felino acercarse rápidamente. El olor de la niña le había atraído y corría velozmente hacia ella. El lobo que estaba al tanto salió a toda prisa para intentar interceptarlo antes de que pudiese atacarles. Pero el leopardo era mucho más rápido y consiguió saltar sobre la rudimentaria litera, sobre la que Nawi y Tami descansaban. Las ramas cedieron y los muchachos cayeron al suelo; Nazrat distrajo al animal atacándole por la espalda; esto les proporcionó el tiempo suficiente para salir huyendo. Pero de un zarpazo se quitó al lobo de encima y salió en persecución de los chavales. Se habían separado en dos grupos y fue tras el más rezagado. El depredador perseguía a Kokori que corría a toda prisa atravesando la selva en mitad de la noche; por detrás marchaba Nazrat que intentaba por todos los medios detener al felino. Cuando estaba apunto de dar alcance al joven, este se precipitó por un barranco y su perseguidor se detuvo en seco examinando el lugar, antes de entrar a atacar. Cuando se disponía a lanzarse sobre él, el lobo se le echó encima y durante unos segundos consiguió sujetarlo mordiéndole por el cuello. Enseguida se zafó y empezaron a producir sonidos aterradores a la vez que se miraban cara a cara. Nazrat lo tenía muy difícil para vencer a semejante animal, pero el leopardo tampoco se arriesgaría a entablar un combate que pudiese dejarle mal herido, sobretodo ahora que se habían salido se su territorio y se encontraba en las tierras de los lobos, donde un grupo de ellos podía atacarle en cualquier momento. Nazrat lanzó un aullido e inmediatamente le contestaron todos los lobos que se localizaban en la zona. La fiera se retiró y se marchó de nuevo a sus dominios.

Ahora Kokori estaba mucho más seguro, se encontraba en los territorios de los lobos, donde estaría a salvo llevando a Nazrat como guía. Él era el líder de la manada y en aquellos territorios los jóvenes permanecerían al cuidado de los lobos, como si fuesen miembros de la misma.

3

Algo enorme saltó sobre ellos, golpeándoles, arrollándoles y tirándolos al suelo. El impacto contra las piedras fue brutal; Nawi se encontraba aturdido, pero en aquel momento sólo podía pensar en la seguridad de su hermana. Tami se había llevado la peor parte, una rama se tronzó y sus afiladas astillas se le clavaron en el costado. El dolor era muy intenso y apenas podía moverse. La oscuridad no dejaba ver nada, pero podían sentir el aliento cercano del depredador. Nawi agarró su mano; en ese momento otro animal atacó al leopardo, momento que aprovecharon para escapar. El muchacho corría con su hermana en brazos. Las ramas le golpeaban y arañaban por todo el cuerpo. Después de una larga carrera pudo cerciorarse de que nadie les seguía. Entonces se dio cuenta de las graves heridas de la pequeña. Se escondieron en un refugio natural, una pequeña cavidad formada por unas rocas. Enseguida la luz de la mañana ahuyentó la oscuridad y pudo examinar con detalle las lesiones de la pequeña. Eran realmente graves y aunque extrajo los trozos de madera que aun llevaba clavados en la carne y después aplicó el tradicional ungüento curativo que siempre utilizaban los Tarazashi, las heridas internas eran demasiado importantes. Tami cada vez se encontraba más débil y le costaba mantener la consciencia. Los ojos se le cerraban durante algunos segundos, en los que delirantes pesadillas se apoderaban de ella. Nawi la movía para que se despertase y se mantuviese con vida. La llevó caminado un largo trecho; al principio no sabía qué hacer; ni hacia dónde ir; después, un pensamiento se iluminó en su mente, como si una voz le susurrase al oído la solución. Seguiría el cauce del río, y buscaría la antigua ciudad de sus antepasados, donde encontraría la antigua reliquia. No le quedaba otra salida, las lesiones de Tami no podían ser curadas con ungüentos, ni siquiera los hombres sabios del poblado podían hacer nada por ella.

Por fin llegó a la orilla del gran río, y comenzó a caminar hacia su nacimiento. Poco tiempo después vio una fina columna de humo blanco que subía por el cielo azul. Se acercó con cautela y enseguida reconoció a su amigo Kokori que preparaba algo de comer cocinándolo en la hoguera.

- ¡Que susto me habéis dado! ¡Creía que os había comido ese animal! Pero…

El muchacho, que al principio hablaba con alegría y entusiasmo se quedó sin palabra cuando se dio cuenta de las heridas de la pequeña. Nawi mantenía la compostura aunque sus ojos estaban llorosos. Kokori comenzó a llorar efusivamente, al tiempo que maldecía el momento en el que se les había ocurrido meterse en esta aventura.

- ¿Qué vamos a hacer, Nawi?
- Vamos a ir hacia las montañas, encontraremos la antigua ciudad y llevaremos a Tami ante la reliquia.

El grandullón al que no paraban de chorrearle las lagrimas por la cara, asintió con la cabeza, aprobando la decisión de Nawi.

Kokori preparó unas cuerdas con las que colocó a la pequeña a su espalda, transportándola con seguridad.

Ahora no tenía tiempo que perder; la pequeña Tami no aguantaría mucho pues las profundas heridas le habían provocado una hemorragia interna y el brillo de sus ojos se iba apagando poco a poco. Planearon bien esta expedición, llevaban todo lo necesario y calcularon bien todos los riesgos, pero en ningún momento pensaron que se encontrarían ante aquella situación. Todo había sido un cúmulo de desafortunadas coincidencias. Seguramente si Kokori no hubiese tenido la cita la noche anterior a la partida, no hubiesen salido tan tarde y no le hubiesen dado tiempo a Tami a levantarse y por lo tanto no les hubiese seguido. Si hubiesen salido más temprano podrían haber hecho el recorrido con más calma parando más veces a descansar por el camino y no hubiesen estado tan casados como para dormirse olvidándose de avivar el fuego. Pero ahora pensar en todo eso no tenía sentido; lo pasado, pasado estaba y lo que tenían que hacer ahora era llegar cuanto antes a la antigua ciudad y confiar en los poderes que las leyendas atribuían a la reliquia.

4

El agua se precipitaba desde una altura de más de cien metros. Era una caída enorme con un violento final. El río entero se pulverizaba al chocar contra las rocas; la fuerza era tal que el aire entero se cubría de esa húmeda neblina creada por el impacto contra las rocas. El sonido que a lo lejos parecía un rugido, se volvía a cada paso más estremecedor. La tierra entera parecía haber sido cortada en dos, partida por la mano de Dios. El río seguía su cauce con suavidad, ignorando cuál sería su destino.

Los muchachos están muy cansados, pero ahora sólo pensaban en seguir adelante. Nawi tenía un plan que solucionaría todo, al menos así lo creía, y Kokori aunque era bastante escéptico también quería creer. Era la única forma de que la pequeña Tami tuviese una oportunidad.

Llegaron a los pies de la catarata, donde el sol era eclipsado por las finas gotas formando un enorme arcoíris. No eran momentos para contemplar tanta belleza y en seguida se pusieron a buscar la ruta más segura para conseguir alcanzar la cima. El terreno era muy abrupto, formado por una roca de color oscuro que el agua había pulido como el mármol. La falla se extendía a ambos lados hasta donde alcanzaba la vista, por lo que bordearla no era una opción. Deberían escalar aquella gigantesca pared vertical. Sobre la superficie se posaban pequeñas partículas de agua humedeciéndola y haciéndola mucho más resbaladiza. Kokori comenzaba a tener algunas dudas sobre la posibilidad de conseguir llegar a la cumbre. Nawi cargó con la niña, no quería ponérselo más difícil de lo que ya era a su amigo. En parte se sentía culpable de lo que le había sucedido.

El agua se precipitaba con fuerza por el precipicio, mientras ellos escalaban a unos escasos metros de aquel inmenso torrente. Era la vía más segura que encontraron. Por aquel lugar se veía un terreno mucho más irregular, formado por los diversos desprendimientos de roca. Eran dos muchachos jóvenes y muy ágiles y conseguían trepar asiéndose a los salientes rocosos con facilidad. Cualquier persona que les observase desde abajo pensaría que estaban ascendiendo por un lugar sencillo. No había que confiarse y buscaban las zonas más seguras por las que continuar avanzando. La erosión había formado algunas cavidades en la pared rocosa, dejando el suficiente espacio para que una persona adulta cogiese manteniéndose agazapado. En estos huecos aprovechaban para parar unos segundos y de esta forma recuperar fuerzas.

- Vamos Kokori que ya sólo nos queda un tramo —gritó Nawi a su amigo esperándole en una de las cavidades de mayor tamaño.

Estaba completamente empapado a causa de la húmeda neblina y le caían chorreones de agua por la frente que se mezclaban con el sudor fruto del esfuerzo. El grandullón se encontraba a unos quince o veinte metros más abajo y subía con mayor seguridad ya que se había fijado previamente en los lugares por los que pasó su compañero. Le extendió la mano ayudándole a subir hasta su posición, una pequeña plataforma en medio de la muralla vertical que formaba un balcón natural. Después comenzaron a analizar el último tramo. Ahora que lo contemplaban de cerca, más detalladamente, se daban cuenta de su dificultad. No serían más de veinticinco metros, pero apenas se veían salientes a los que poder agarrarse. ¿Qué podían hacer? La situación no parecía mejorar observando hacia los lados. Sabían que bajar era mucho más complicado, destrepar es más peligroso, pues uno no puede ver dónde apoya los pies y es fácil resbalar y caer.

- Espera, esta vez subiré yo el primero, yo no llevo ningún peso y podré subir con mayor facilidad; de esta manera podrás fijarte por dónde escalo.

El muchacho se dispuso a subir, pero Nawi le detuvo agarrándole por un brazo.

- Un momento, toma esto —le dijo quitándose un colgante que llevaba al cuello.

Era una fina tira de cuero con un adorno cerámico, un amuleto regalo de su abuelo, que según decía pertenecía a los antiguos Tarazashis.

Miró una vez hacia abajo, pero no vio más que una densa niebla que formaba nubes a unos cincuenta metros bajo sus pies. El viento silbaba de forma intermitente; tras el sonido podían notar su fuerza zarandeándolos; era como un aviso de su llegada. El estruendo del agua chocando contra las rocas se escuchaba a lo lejos, dándoles una idea de la altura a la que se encontraba. Los dos eran buenos escaladores, pero por norma general solían trepar a los árboles. La altura de alguno de ellos podía llegar con facilidad a los cincuenta metros, pero la sensación era muy diferente; el árbol es un ser vivo y da una especie de seguridad al estar entre sus ramas; hay multitud de animales alojados en sus entrañas, pájaros, ardillas y hasta monos. En su copa el sonido de sus ramas mecidas por el viento parece la voz ronca pero tranquila de un anciano. Sus palabras son tranquilizadoras y parecen decir: *No te preocupes no te dejaré caer.* Pero la escalada en roca es muy diferente, este material frío e inerte, se puede desprender en un instante y aunque estés bien agarrado a un saliente, este se puede desplomar en cualquier momento.

Kokori comenzó el ascenso del tramo final. Sólo encontraba pequeñas rendijas donde meter las yemas de los dedos y conseguir agarrarse. Los pies descalzos le resbalaban por la humedad. El corazón le latía con fuerza cada vez que perdía el equilibrio y quedaba sujeto únicamente por los brazos. Nawi memorizaba cada punto de sujeción para después intentar reproducir los mismos pasos. Aunque estaba muy nervioso, intentaba hablar con voz serena y calmada, dándole indicaciones y ánimos a su compañero. La psicología es seguramente la parte más importante de una escalada. No importa lo fuerte que esté uno, ni su preparación física, lo más importante es mantener la calma. En una escalada sin cuerdas es fácil perder los nervios y si esto sucede es poco probable que se consiga llegar a la cima. El joven se centraba en un pequeño radio; sólo le importaban los siguientes cuarenta centímetros, sin pensar a la altura en que se encontraba, como si acabase de comenzar la escalada y se encontrase a tan solo un metro del suelo. Las palabras de su amigo le reconfortaban, pues le indicaban el siguiente paso impidiendo que su mente se bloquease. Cuando ya sólo le quedaban unos metros para alcanzar la cumbre, Nawi comenzó a subir siguiendo el mismo trazado en su mente. Tami permanecía inerte, de color blanco, atada a su espalda, con los brazos y piernas colgándole como un muñeco de trapo. Llevaba ya bastante tiempo sin emitir ningún sonido, ni siquiera se la escuchaba respirar. Su hermano no quería pensar en ello; ahora lo más importante era conseguir subir. Se encontraba concentrado en su pequeño mundo de roca, como si no existiese nada más. Ahora el presente inmediato era el único tiempo posible; no había pasado ni futuro, sólo unos cuantos palmos de roca negra que había que conseguir superar. Se escuchó una voz, y unas pequeñas piedras se desprendieron de la montaña golpeando a Nawi; una de ellas del tamaño de una naranja le golpeó en la cabeza produciéndole una brecha. Sin querer, sus manos perdieron fuerza y una de ellas se soltó de su presa; en ese momento una descarga de adrenalina recorrió su cuerpo al quedarse colgado únicamente de un brazo; gritó a la vez que se balanceó para alcanzar nuevamente la sujeción de su mano izquierda. Cuando consiguió asirse nuevamente con seguridad a la pared, miró hacia arriba.

- ¿Estás bien? —le preguntó a Kokori, pero nadie contestó.

La roca había cedido bajo sus pies y se había deslizado algunos metros, arrancando varios salientes de piedra. Estaba apoyado sobre una pequeña protuberancia con la punta del pie izquierdo y permanecía pegado a la roca pulida con todo su cuerpo, buscando desesperadamente el más ínfimo punto donde poder sujetarse con las manos. Al deslizarse por la roca se dejó la cara y el pecho lleno de arañazos. Tenía la extraña sensación de que estos eran sus últimos momentos de vida. El pie le resbalaba lentamente y por más que miraba a uno y otro lado solo veía una losa de piedra lisa, perfectamente pulida. Entonces ocurrió la desgracia, finalmente perdió el único punto de apoyo y se desplomó precipitándose montaña abajo. No tuvo tiempo ni de gritar, caía pegado a la montaña, dejándose pedazos de piel en cada saliente. Cuando cerró los ojos aceptando su destino, liberando toda tensión, una luz brillante le golpeó en el rostro entrando en su cuerpo y dándole nuevas energías, como una descarga eléctrica, una fuerza brutal, como si le hubiese alcanzado un rayo; entonces pensó que no podía dejar a su amigo solo, que tenía que sobrevivir a toda costa: hincó sus manos y pies a la montaña como si fuesen garras, intentando frenar el descenso, pero sólo logró decelerar escasamente. Justo en ese momento notó una mano que le sujetaba. Nawi que se encontraba en una buena posición consiguió agarrar a su amigo, deteniéndole. Una vez sujeto con seguridad, se miraron el uno al otro, Nawi con una pequeña brecha en la cabeza de la que le bajaba una hilera de sangre hasta media frente; Kokori con media cara a rayas, lleno de arañazos, comenzaron a reírse de forma espontánea. Luego subieron los dos, uno cerca del otro. Esta vez habían dejado el miedo atrás, un fuego en su interior brillaba con fuerza como el sol, dándoles calor y energía. Por fin consiguieron dar el último paso y se tumbaron durante unos instantes en la cima, una zona llana, donde el río se deshilachaba llegando prácticamente a desaparecer. Se convertía en diminutos regueros, pequeños vasos capilares que se extendían por una enorme llanura salpicada de una especie de adoquines verdes, como un musgo muy denso que formaba minúsculas islas de apenas el tamaño de un pie. Eran tan densas y en algunas zonas tan elevadas que parecían coliflores de color verde o quizás brócoli.

Durante unos minutos permanecieron tumbados boca arriba contemplando el cielo azul, sintiéndose como si nada les pudiese tocar; estaban en la cima del mundo. Después Nawi miró la cara pálida de su hermana y como si fuese arrojado desde los cielos regresó a la cruda realidad. De inmediato emprendieron de nuevo el camino; Kokori le ofreció algunas bayas de color rojo, muy ricas y dulces, que fueron saboreando mientras caminaban. Enseguida se metieron en aquel extraño lugar, donde el río desaparecía convirtiéndose en una llanura verde formada por esa extraña vegetación. Eran como esponjas llenas de agua y al pisarlas se adherían a los pies dificultándoles el paso. Pero pisar fuera de ellas era mucho peor: bajo los regueros de agua transparente se encontraba una capa de cieno y lodo, tan gruesa como si llegase hasta el mismo centro de la tierra. Había que estar atento y caminar sobre aquella especie de setas, ya que si ponían un pie fuera se hundirían en el barro hasta la cintura. El cielo comenzó a ponerse de color anaranjado, y poco después rojizo. Ahora no tenían ningún punto de referencia; hacia todas partes se extendía la inmensa llanura, con su engañoso color verde que a la distancia parecía una preciosa pradera. Era como si se encontrasen en otro planeta: aquí no había pájaros ni animales, todo era silencio. El cielo rojo sobre ellos indicaba que no quedaban muchas horas de luz y tendrían que pasar la noche en aquel inhóspito lugar.

5

¿Cuánto tiempo llevaban caminado? Las piernas apenas les obedecían; el cansancio era tan intenso que la mente comenzaba a debilitarse jugándoles malas pasadas. Kokori estaba apunto de echarse a llorar, de tirarse al suelo y dejarse vencer por el agotamiento. En aquel lugar no había nada más que esa especie de musgo denso como esponjas y por él caminaban a duras penas. La temperatura descendía rápidamente y del suelo manaba una especie de vapor que se transformaba en una niebla estacionada a un metro del suelo. Ahora era aún más difícil ver dónde ponían los pies y con más frecuencia pisaban en las zonas sin vegetación hundiéndose en el fango. El sol hacía ya tiempo que se había puesto y en el cielo ya se podían ver algunas estrellas. Finalmente, Nawi se dio por vencido; pasaban más tiempo intentando salir del lodazal que caminado sobre el musgo. Encontraron una zona donde las plantas formaban una pequeña isla de un par de metros o tres. Era de forma circular y aunque estaba bastante húmeda, era el mejor sitio que habían visto para pasar la noche. Mirasen hacia donde mirasen todo lo que se veía era aquella inmensa llanura que se fundía con el oscuro horizonte. Nawi puso a Tami sobre el suelo y desató las correas con las que la llevaba atada a la espalda. La examinó palpándola el rostro con sus manos, pero no halló la menor señal de vida. Su cara estaba pálida, fría e inexpresiva. Pero se negaba a pensar que su hermana estaba muerta. Kokori se hacía el despistado, no quería intervenir en un tema tan delicado y buscó una piedra con la que poder abrir unas nueces que llevaba en un atillo. Eran unos frutos con una cáscara muy dura y tenía que gol-

40

pearlos con fuerza con una buena piedra, pero en aquel lugar no había absolutamente nada. Así que todo lo que les quedaba para llevarse a la boca era un puñado de pequeños frutos. Eran unas bolitas del tamaño de un huevo de codorniz, de color anaranjado y con un sabor muy amargo, pero al menos tenían bastantes vitaminas y les proporcionarían algo de energía. Repartió las escasas bayas con su amigo y los masticaron despacio sin decir una palabra mientras la noche les envolvía en su oscuro manto.

El sol brillaba con fuerza en lo alto, en un cielo azul celeste. Los rayos le calentaban el rostro a Kokori y se sentía reconfortado. Cerraba sus ojos y aun así podía sentir aquella cálida luz. El sueño le vencía y se dejaba llevar plácidamente por la sensación. El olor de la sopa que preparaba su madre le indicaba que era la hora de comer, y los sonidos de la aldea, las voces de los niños jugando afuera le hicieron sentir cosquillas en el estómago, su cara expresó su felicidad con una denotada sonrisa. Entonces escuchó voces y sintió un dolor intenso. Todo le dolía como si tuviese roto cada hueso de su cuerpo. Abrió los ojos y vio una imagen borrosa, una cara distorsionada pero familiar.

- Vamos, levanta, despierta de una vez, hay que ponerse a caminar o moriremos congelados. ——Era la voz de Nawi que le despertaba zarandeándole e incluso dándole algún cachete en la mejilla.

Por la noche la temperatura bajó y los muchachos extenuados se dejaron vencer por el cansancio. El frío actuaba como una droga, cuanto más calor corporal perdían entrando en hipotermia; mayor era la sensación de sueño. Los dos habían permanecido en el suelo mojado durante varias horas, tiritando sin parar, intentando acurrucarse haciéndose un ovillo. Los sueños trasladaron sus mentes a lugares apacibles, donde descansar plácidamente mientras sus cuerpos perdían lentamente la vida. Algo cálido y húmedo le daba a Nawi en la cara, hasta que por fin consiguió despertar. Su nublada visión no consiguió ver con claridad al animal que se alejaba. De inmediato se dio cuenta de su situación y no sin esfuerzo consiguió ponerse en pie, rápidamente comenzó a despertar a su amigo. Ahora no sabía muy bien si se despertó realmente por los lametazos de un animal o todo había sido obra de su imaginación.

Aún era de noche, pero el cielo ya clareaba y el alba comenzaba a despuntar. Aunque estaban muy débiles y apenas conseguían mantenerse en pie, comenzaron a caminar. Nawi cargaba a su hermana a las espaldas y Kokori le ayudaba como podía dando apoyo sobre sus hombros. Las extremidades, rígidas como madera, parecían que en cualquier momento se iban a romper. Pero una vez consiguieron echar a caminar, la sangre comenzó a circular de nuevo y poco a poco fueron entrando en calor. La noche parecía no querer abandonarles y aunque ya debía de ser prácticamente medio día, seguían envueltos en una tenue luz gris. El sol no lograba atravesar las oscuras nubes y el viento helado les sacudía azotándoles como un látigo. Caminaban prácticamente sin rumbo; en este lugar no se hallaba ningún punto a tomar como referencia. El disco solar escasas veces conseguía vislumbrase a través de los nubarrones. La calima no les dejaba ver demasiado lejos y por mucho que caminasen tenían la sensación de estar en el mismo lugar. Entonces encontraron otra pequeña isla formada por aquellas extrañas plantas. Esta era algo más grande y se elevaba unos metros del suelo. Era redondeada: una montañita de unos diez metros cuadrados.

Estaban exhaustos, agotados físicamente hasta la extenuación y derrotados mentalmente. Nada tenía ya sentido; no importaba hacia dónde caminaran, todo parecía empeorar. ¡Qué lejana quedaba ahora la aldea, casi como si sólo fuese un sueño una ilusión de recuerdos borrosos escondidos en lo más profundo de sus mentes. Nadie del poblado se alejó tanto jamás. Habían cruzado el bosque hasta llegar al río grande; remontaron su curso hasta la cascada y treparon por ella hasta estas inhóspitas tierras, un lugar tan alto que estaba siempre cubierto de nubes. Ningún animal vivía aquí, sólo el viento era amo y señor de estar tierras. La llama de la esperanza se había consumido lentamente. Nawi dejó de caminar y se puso de rodillas en el suelo. Entonces se hizo el silencio, y después lo rompió con un sentido grito de dolor. Era la primera vez que Kokori veía a su amigo llorar. Intentó mantenerse firme pero, sin darse cuenta, las lágrimas comenzaron a cruzar por su rostro. Desató las correas improvisadas con lianas con las que transportaba a la niña y la colocó con cuidado como si estuviese dormida. Retrocedió unos pasos y contempló el cuerpo de la pequeña sobre el altar. Kokori permanecía llorando en silencio; ahora no era capaz de pensar en nada. Sólo hacía unos días de su encuentro con Farfalá y ya ni siquiera parecía recordarlo. Estaban desolados y vencidos por la desesperación; no sabían cómo salir de aquel sitio; era imposible caminar sin perder el rumbo. ¿Quién sabe dónde se encontraban, qué distancia habían recorrido y cuál era el camino de regreso a casa? ¿Cómo bajarían por el desfiladero de la cascada? Nada de todo esto les importaba. Se quedaron en aquel lugar contemplando el cuerpo sin vida de la niña. Después Nawi habló:

- Vámonos de aquí, volvamos a casa.

Se puso en pie y comenzó a caminar; Kokori le seguía sin decir nada. De vez en cuando se volvía para mira cómo la pequeña iba quedando atrás envuelta por la niebla. Entonces el cielo se despejó y el sol brilló con fuerza iluminando aquel lugar gris, y las sombras y la neblina huyeron a toda prisa. Los dos se volvieron y vieron el montículo donde Tami yacía. Las lágrimas continuaban brotando de sus ojos y observaron cómo el manto de nubes se alejaba rápidamente dejando a la vista el horizonte. Algo comenzó a tomar forma a lo lejos y de repente las montañas aparecieron, justo detrás del improvisado altar. Se encontraban tan sólo a unos cientos de metros de ellas. Comprendieron entonces que habían estado apunto de conseguir cruzar el pantanal. Era como parte de un relato de los que el abuelo les contaba junto a la hoguera. De alguna manera algo que no alcanzaban a comprender les había estado guiando por el camino correcto. Nawi comenzó a correr hacia su hermana y la cogió en brazos. Caminaron hacia las montañas y por fin dejaron atrás la desoladora meseta.

  - Déjame, descansa un rato yo la llevaré —dijo Kokori.

Se la ató nuevamente a la espalda haciendo una especie de silla con lianas y continuaron caminado por un terreno cada vez más poblado de vegetación hasta que se adentraron en el bosque. Este lugar era muy diferente a cuantos habían visto, no era fruto de la casualidad, cada árbol parecía estar colocado en su sitio deliberadamente. Eran frutales de todo tipo y estaban alineados perfectamente. Estaba claro que se debía a la mano del hombre. ¿Estarían cerca de la antigua ciudad? La pregunta que se hacían continuamente era cómo encontrarían el camino correcto. Pero la respuesta no se hizo esperar. El bosque entero parecía partido en dos y comprobaron que en el centro había un camino de piedra formado por unos adoquines de color gris. Anduvieron por esa antigua calzada, deteriorada por el paso del tiempo, pero que aún hoy en día dejaba asombrados a los muchachos por su magnificencia. Kokori paseaba por el borde recogiendo frutos, donde los enormes árboles descuidados crecían desmesuradamente llegando a entrar sus ramas hasta los márgenes del camino. Era un sitio precioso, lleno de deliciosos frutos que adornaban y coloreaban el paisaje. El sol brillaba con fuerza sobre un cielo despejado, salpicado con algunas pequeñas nubes blancas, pomposas como si fuesen de algodón. Si no fuese por la situación en la que se encontraban parecería una excursión. El camino ascendía ligeramente avanzando siempre en línea recta hacia las montañas. Algunos lugares parecían sacados de un cuento y era fácil imaginar en ellos a los personajes de las antiguas leyendas. Kokori caminaba tranquilamente, se podría decir incluso atontado, con las manos hacia el pecho repletas de frutos maduros. Mordía uno de ellos y si no le parecía lo suficientemente dulce lo tiraba a un lado del camino y probaba otro. Nawi también comió algunos, pero estaba tan triste que el estómago se le encogió y le costaba mucho tragar los alimentos. El sol se puso tras las montañas y decidieron descansar en medio de la calzada. Los baldosines de piedra oscura habían acumulado la radiación solar y ahora lo irradiaban como una manta eléctrica. Se tumbaron sin apenas hablar y enseguida quedaron derrotados por el cansancio. Dormían profundamente cuando el aullido de un lobo les despertó.

- ¡Pongámonos en marcha, no podemos perder más tiempo! —exclamó Nawi.

La noche era bastante clara y la luz de la luna iluminaba el camino. En los lugares en los que el viento y la lluvia habían dejado limpios, los adoquines reflectaban la luz como espejos. Las aves nocturnas entonaban sus melodías observando a los extraños forasteros con sus enormes ojos desde las copas de los robles. La formidable vía por la que transitaban era un prodigio de la arquitectura y desde luego había sido construida por una civilización muy avanzada. Todo esto confirmaba las antiguas leyendas. Caminar por estos lugares les hacía pensar en tantos relatos, en tantos personajes fantásticos y en la fabulosa ciudad de los antiguos, que con toda certeza encontrarían al final del sendero. Llegaron a una zona donde la vegetación se retiraba y el camino se ensanchaba. Pronto vieron algo inusual: una extraña forma tenuemente iluminada al borde del adoquinado. Al acercarse más los muchachos distinguieron su forma humana y salieron rápidamente hacia la derecha en busca del resguardo de la vegetación. Se fueron acercando con cuidado, temerosos de que los descubriesen. Avanzaban lentamente agachados escondiéndose tras los altos matorrales.

- ¡Dile algo!

- No, yo no, habla tú con él —contestó Kokori con voz susurrante.

Entonces Nawi cogió una piedra y la lanzó con fuerza a la cabeza del soldado que custodiaba el camino. Se levantó y se mostró erguido ante el guardián, desafiante como si no tuviese miedo. Kokori se quedó pasmado, totalmente sorprendido, pensando que su amigo se había vuelto loco y que el guerrero le atacaría en cualquier momento.

- ¿Pero no ves que es de piedra? Es una figurilla, como las que hacen los niños con arcilla pero de mayor tamaño. Vamos acércate y échale un vistazo.

Por fin Kokori se atrevió a acercarse. Desde cerca la cosa cambiaba bastante; la estatua era de un color blanquecino y estaba tallada en mármol; las facciones y parte de la cabeza habían sido borradas por la erosión y el paso de los siglos. En su base vieron unos símbolos que fácilmente identificaron y pudieron leer: *"Bienvenidos a la ciudad de los Tarazashi portadores de la reliquia".*

El abuelo de Nawi, que era quien siempre les contaba historias sobre los antiguos, a pesar de las críticas de sus madres que decían que les llenaba la cabeza de tonterías a los muchachos; les enseñó a escribir y leer la mayoría de los símbolos. Mientras contaba alguna de las leyendas iba dibujando signos con una vara en la tierra. Si nombraba a los Tarazashi al mismo tiempo lo escribía y así con muchas palabras. Sólo algunos ancianos sabían leer aquellos símbolos; como vivían en una pequeña comunidad y todos se conocían, la comunicación escrita se fue perdiendo y ya nadie la utilizaba. Pero los dos jóvenes atraídos por las historias de sus antepasados, aprendieron el lenguaje y lo practicaban entre ellos, escribiéndose mensajes secretos en tablillas de madera o arcilla. De esta forma solían organizarse para sus expediciones sin levantar sospecha y sobretodo evitando que sus madres los supiesen. El abuelo, que aun siendo muy mayor tenía un espíritu joven y aventurero, les ayudaba muchas veces con los preparativos, sobretodo a la hora de ocultar las cosas o de calmar un poco a los padres cuando se enteraban de sus andanzas. Si fuese unos años más joven sin dudarlo hubiese partido con ellos, pero era ya un hombre de avanzada edad y estaba muy torpe para caminar por la selva.

6

En el poblado todos estaban desesperados; los días y las noches pasaban sin tener noticias de los tres jóvenes desaparecidos. El abuelo de Nawi estaba muy preocupado y no sabía qué decir. Se sentía culpable, quizás les había contado demasiadas historias a los chavales y habían cometido alguna temeridad poniendo sus vidas estúpidamente en peligro. Lo único que podían hacer era esperar. El anciano que creía firmemente en todas aquellas leyendas pidió a Nazrat que los protegiese y al dios de los antiguos para que velase por ellos.

Tami iba atada a la espalda de Kokori, con las extremidades colgando moviéndose de un lado a otro como una muñeca de trapo. Tenía la piel de un color blanco porcelanoso a la luz de la luna. Desde hacía ya varios días no se la escuchaba respirar y yacía completamente inerte. Los jóvenes se habían enfrentado a los depredadores del bosque; continuaron caminando día y noche sobrepasando todos los límites humanos. Escalaron el enorme precipicio por donde se precipitaba la cascada; atravesaron el inhóspito páramo del altiplano donde el frío, el cansancio y la desorientación pusieron aprueba su voluntad. Estuvieron a punto de abandonar y dejarse morir en aquel terrible lugar, pero una fuerza interior les impulsó a seguir adelante aun cuando sus piernas ya no querían andar. Ahora se encontraban a las puertas de la ciudad perdida, la antigua metrópoli de los Tarazashi, que permanecía intacta, como si aún siguiesen viviendo en ese lugar. Pasaron junto a la estatua de mármol que les daba la bienvenida y pronto vislumbraron aquella maravilla arquitectónica. Calles empedradas trazadas perfectamente en línea recta cruzaban de un lado a otro, dirigiéndose a las diversas construcciones, templos, palacios, viviendas, etc.

Casi parecía como si hubiesen llegado al poblado mientras todos dormían y en cualquier momento la gente comenzaría a salir de sus casas, acudir a los mercados y llenar la ciudad con sus vidas bulliciosas. Pero las ramas y la hojarasca que cubrían muchas zonas de las calles y algunos árboles que habían enraizado en medio de las avenidas agrietando el suelo recordaban que en aquel lugar hacía mucho tiempo que no pisaban seres humanos. Por la grandeza de la urbe se deducía que fueron miles las personas que la construyeron y poblaron. Los dos muchachos se sintieron abrumados por tanta grandeza; a uno y otro lado encontraban espléndidos edificios custodiados por refinadas estatuas. Muchas de ellas las podían reconocer con facilidad, pero otras representaban a animales que ellos nunca habían visto. ¡Qué pequeña les parecía ahora su aldea! y desde luego las viejas historias no hacían justicia a la magnífica ciudad.

El cielo comenzaba a clarear y esto les dio la suficiente energía para continuar. Avanzaron por la más amplia de las avenidas, por la que podían contemplar las mayores estatuas y maravillas arquitectónicas. Entonces el disco solar comenzó a salir tras una monumental edificación. Los rayos les deslumbraban dejándoles ver con dificultad la enorme pirámide de piedra rojiza. Corrieron hacia aquel lugar donde seguramente encontrarían lo que buscaban. Estaban tan cansados que su carrera se detenía a cada instante para recuperar fuerzas y continuar de nuevo. La formidable construcción que invadía el horizonte engañaba por su tamaño pareciendo estar más cerca de lo que realmente estaba. Pero tras una buena carrera, por fin llegaron a su base. Subieron por los peldaños tallados en la piedra, cosa que terminó de minar sus últimas fuerzas. En la cima, el santuario como contaban las leyendas, donde encontrarían la reliquia. Era un círculo con monolitos de piedras y en el centro una especie de altar donde descansaba la deidad. Pero el lugar estaba vacío, desierto, solo quedaba la marca donde un día descansó. ¿Qué sucedió en aquel lugar? ¿Por qué todos sus pobladores se marcharon? Y ¿por qué su pueblo se quedó cerca a unos cuantos días de camino? ¿Acaso hubo disputas entre los gobernantes? ¿Se llevaron la estatua sagrada o la robaron ladrones muchos años después de que la abandonasen?

De nuevo la desesperación se cernió sobre los muchachos, apagando de un soplido cualquier llama de esperanza. Llegaron demasiado lejos, habían puesto en peligro sus vidas y llevaron sus cuerpos al límite de la extenuación y todo para nada.

Mientras permanecían de rodillas sobre el suelo sin saber qué hacer, vieron unos grabados en forma espiral que rodeaban el emplazamiento central. Por todas partes había símbolos y escritos, pero estos estaban hechos con menos detalle, como si la persona que los talló tuviese prisa. Nawi comenzó a leer andando en círculos alrededor del altar de alabastro. Era como un diario que explicaba cómo tuvieron que marcharse, cómo montaron en sus embarcaciones y se fueron. Por lo visto, existían varios tipos de congregaciones. Los grupos de guerreros, soldados que velaban por la seguridad de los ciudadanos, las personas de a pie cada una de ellas con su oficio y un tercer grupo, el de los elegidos, personas que eran preparadas durante toda su vida para vigilar y rezar a la reliquia. Este fue el último grupo en partir, el que debía salir en el último navío donde se transportaría la santidad. Pero algo hubo de suceder para que el grupo final, el de los portadores nunca partiese. Ahora comprendía Nawi muchas cosas sobre su cultura y tradiciones; ellos eran los guardianes de la sagrada deidad; a ellos se les encomendó la labor de devolver la reliquia al lugar sagrado donde las estrellas se alinean poniendo al creador en contacto con la estatua.

Le quedaba bastante por leer cuando los dos muchachos se sobresaltaron al escuchar unos pasos que se acercaban. No tuvieron más tiempo que el necesario para esconderse tras uno de los monolitos. Dos figuras humanas comenzaron a asomar por la zona escalonada. Eran dos personas de lo más extraño; vestían con unas telas y ropajes inusuales y lo que era aún más raro, uno de ellos, que parecía una mujer, tenía el pelo muy claro, similar a los ancianos, pero en lugar de ser blanco era del color del sol. Los dos tenían la piel muy blanca; al ver esa tez tan pálida los muchachos pensaron que debían de ser fantasmas. ¡Quien sabe! Quizás algún conjuro mágico o maldición protegía el santuario y los espíritus de los guardianes aún rondaban por aquí ahuyentando a los merodeadores. Se dirigían hacia ellos acercándose cada vez más. Hablaban en un lenguaje desconocido e ininteligible. Kokori aun siendo el más fuerte y grandullón, era muy susceptible a todos estos temas paranormales. Permanecía encogido, aterrorizado ante la aparición. A lo mejor sería buena idea salir del escondite y hablar con ellos, pensó Nawi, total, de un momento a otro, les descubrirían. Ellos eran descendientes de los antiguos, y justamente del último grupo los portadores, así que tenían derecho ha estar en aquel lugar. Entonces se puso en pie; Kokori le miró unos instantes, después agachó la cabeza moviéndola de izquierda a derecha en forma de negación. Otra vez más sentía que su amigo se precipitaba y que de nuevo no haría más que meterse en más líos. Las dos personas pararon en seco al ver aparecer de repente a Nawi, y comenzaron a dar voces. Eran unos sonidos extraños y el chaval pensó que quizás no había sido tan buena idea intentar dialogar con fantasmas, estos seres podían estar viviendo en varias dimensiones a la vez y no ser más que un reflejo angustioso de los hombres que fueron. Intentó decir algo, pero no era capaz de articular palabra. Mientras tanto los seres que le miraban fijamente continuaban hablando en su jerga. Puede que se sintiesen atraídos por el cadáver de la pequeña Tami y se acercaron para llevársela al otro mundo. Entonces Kokori gritó desde su escondite:

- Marcharos, fuera de aquí, no os la llevareis.

El hombre de ojos rasgados puso cara de sorpresa y comenzó a decir unas palabras en su lenguaje. Hablaba con un acento muy raro y construía las frases como un niño de cuatro años, pero los chicos consiguieron entenderle.

- ¿Cómo es que habláis el idioma de los antiguos?

- Soy Nawi el portador del pueblo de los Tarazashi, descendientes de los antiguos.

7

Nació con los ojos cerrados, aunque esto no era demasiado importante ya que dentro de la madriguera la visibilidad era casi nula. Su madre lo acurrucó junto a sus hermanos y comenzaron a amamantarse. Lo primero que escuchó fueron los aullidos de bienvenida que el resto de lobos de la manada lanzaban al aire. La nieve aún cubría las montañas a fínales del invierno. Para comienzos de la primavera ya salían de vez en cuando a tomar el sol en la entrada de tierra horadada. Con su fino olfato podía detectar todas las fragancias que el viento transportaba. El olor de la hierva húmeda, el aroma de las pequeñas flores que crecían en la pradera, pero también podía detectar hacia qué lugar había salido su madre. El brillante sol le confortaba y se quedaba transpuesto, tumbado en la entrada de la pequeña cueva. Los cachorros no sabían nada de la política de la manada, de lo difícil que era sobrevivir en invierno y de lo peligroso de las cacerías nocturnas. Ellos simplemente pasaban la mayor parte del tiempo durmiendo plácidamente, y el escaso tiempo que permanecían despiertos lo utilizaban para juguetear cerca de casa. En la zona en la que vivían, no tenían nada que temer de los hombres, pues estos no solían cazar en el bosque y era muy raro encontrarse con ellos. Por el olor los detectaban en seguida; apartándose prudentemente de su camino no había sorpresas. El pequeño Nazrat se sentía atraído por los extraños olores que llegaban cuando el viento soplaba del este, haciéndoles llegar aquellas señales del poblado humano.

Pero en la naturaleza la belleza que vemos a simple vista esconde una crueldad terrible a la que sólo los más fuertes sobreviven. Para que la manada pudiese salir adelante tenían que comer y, desgraciadamente, los lobos no pueden alimentarse de hierba. Debían de salir a cazar. Seleccionaban a las presas más débiles, pues no podían permitirse el riesgo de enfrentarse a un ciervo adulto, sano y fuerte, ya que podría costarles la vida. La primavera pasó rápidamente dejando paso al caluroso verano, y después, casi de golpe llegó el crudo invierno. Para esta época Nazrat ya contaba con seis meses de edad y se alejaba de vez en cuando a explorar las inmediaciones, adentrándose tímidamente en el bosque. Cada lobo, como cada persona tiene su propia personalidad: unos son muy sociables, otros son agresivos y algunos como Nazrat son solitarios.

El invierno llegó con fuerza y crudeza, poniendo la supervivencia de la manada a prueba. En primavera y en verano era mucho más fácil conseguir alimento, pequeñas presas como conejos o topos que salían confiados de sus madrigueras. Ahora debían organizarse para dar caza a presas más grandes, la sombra de la muerte paseaba en forma de hambre entre los miembros más débiles. Era el atardecer de un día gris, con un viento helador que soplaba incesantemente. El vigía percibió el olor de un grupo de ciervos: era el momento de ir de cacería. La madre de Nazrat salió con el grupo que se adentró en el bosque avanzando siempre con el viento de frente para que la presa no pudiese detectar su presencia. A una señal del líder el grupo se dividió en dos, cercando poco a poco a los animales. Entonces uno de los venados presagió algo y todos comenzaron la huida. El bosque era bastante frondoso y era muy difícil trotar a gran velocidad. La sección derecha atacó por detrás dirigiéndolos hacia el grupo de la izquierda. El hambre hacía que los lobos atacasen con gran agresividad; sabían que si no conseguían alimento morirían de inhalación. La madre de Nazrat llevaba ya una semana sin comer, las ultimas pequeñas presas se las había entregado enteramente a sus cachorros. Sus fuerzas estaban muy debilitadas y ahora se enfrentaba cara a cara con un enorme ciervo. Todos se abalanzaron sobre el animal al unísono, aunando sus fuerzas para intentar derribarlo. Los fuertes topetazos que lanzaba al encontrarse acorralado tiraba al suelo a los miembros de la manada. La madre de Nazrat voló varios metros por el aire, aun así volvió rápidamente al ataque. Consiguieron doblegar al animal, pero en aquel momento, cuando el fragor de la batalla, cuando la lucha por la supervivencia les daba un respiro, la loba herida comenzó a tambalearse. El fuerte golpe que recibió le rompió varias costillas, astillándose y clavándose en los órganos internos. Decimos que el hombre es el único animal que es consciente de su existencia y que sabe que un día morirá; nada más lejos de la realidad, la loba herida sabía muy bien cuál sería su destino, pero se negaba a morir dejando huérfanos a sus lobeznos. Normalmente cuando saben que el fin está cerca se apartan de la manada, buscando un lugar tranquilo donde descansar para siempre. La madre de Nazrat intentó regresar con la manada, pero las graves lesiones consiguieron tumbarla, quedando sola en la oscuridad del bosque aguantando el dolor hasta que este finalmente desapareció.

La manada se solía hacer cargo de los jóvenes lobos y tenían una especie de guardería donde cuidaban de todos, incluso de los que habían quedado huérfanos. Este año el invierno era demasiado crudo y la escasez pasó factura entre todos los miembros del clan. Nazrat sobrevivió milagrosamente; la manada se vio diezmada por el hambre y sus hermanos también sucumbieron, pero él logró salir adelante. Al terminar el invierno parecía más bien el fantasma de un lobo; estaba en los huesos y caminaba con dificultad buscando cualquier cosa de lo que alimentarse. Poco a poco fue recobrando las fuerzas comiendo pequeñas larvas de insectos y cualquier cosa comestible que encontrase en su camino. Para cuando había cumplido su primer año de edad, se encontraba fuerte y sano, lucía un espléndido pelaje que brillaba al sol. Se convirtió en un animal solitario que merodeaba más allá del territorio de la manada.

8

Los Tarazashi era una antigua tribu del nuevo mundo. En verano poblaban las zonas más al norte del continente y en invierno bajaban hacia lugares más cálidos. Tenían una cultura con muchos mitos y leyendas, pero una de las más importantes era la que les daba nombre. Todas las familias tenían perros, y trataban a estos animales como un miembro más de la familia. Se dice que el primer perro que tuvieron los Tarazashi fue TARayat-ZANkashi, y su nombre quiere decir "perro lobo". Uno de los más valientes guerreros de la tribu estaba de caza en un bosque cercano; entonces escuchó los aullidos de un lobo y siguió su rastro; encontró al animal herido y atrapado en una sima. Al parecer había caído en el interior de aquel hoyo y se dañó una de sus patas. El guerrero bajó al pozo y aunque en un principio el lobo le gruñía, enseguida dejó de hacerlo, como si fuese capaz de comprender las buenas intenciones del joven. Lo sacó de aquel lugar y aplicó un ungüento curativo que todos los Tarazashi sabían preparar con plantas medicinales. El animal se marchó cojeando sin dejar de mirar atrás. El joven guerrero volvió al poblado y ni siquiera contó lo sucedido. Pero desde ese día siempre que se encontraba en el bosque tenía la extraña sensación de ser observado. Llegó el invierno y recogieron el campamento para ir a las tierras del sur, donde les era más fácil sobrevivir. Aquel invierno fue especialmente duro y la comida escaseaba. El hambre se cebaba con los más débiles, y los ancianos y niños comenzaron a enfermar. Todas las mañanas los jóvenes guerreros salían a cazar, pero todas las noches regresaban con las manos vacías. Sin nada que llevarse a la boca, masticaban algunas raíces para mantenerse con vida. Una noche el muchacho escuchó un aullido, era un sonido familiar y parecía llamarle por su nombre. Salió y se internó en el bosque helado, siguiendo aquel sonido; pronto encontró un ciervo muerto y lo cargó sobre unas ramas, llevándolo arrastras hasta el poblado. Todos dieron gracias a su dios por el alimento que les había salvado la vida. El guerrero contó la verdad, cómo había encontrado la pieza en medio del bosque. Cada noche aquel aullido se escuchaba llamándole y todas ellas el muchacho encontró presas que alimentaron al pequeño poblado hasta que lo peor del invierno pasó. Una de las noches, el joven se escondió cerca de la pieza y esperó agazapado; a lo lejos pudo ver un lobo observándole; se trataba del mismo animal que él había salvado la primavera anterior. El guerrero se puso despacio en pie y le llamó TARayat-ZANkashi. El lobo le siguió a su poblado y fue adoptado por su familia convirtiéndose en su hermano. El dios de los Tarazashi, que siempre observa desde los cielos, quedó impresionado por el noble corazón de aquel animal y no olvidó a sus hazañas. Un día de otoño, cuando Tarzán era ya viejo, salió del poblado y se dirigió al bosque, buscando un lugar donde morir con dignidad. El animal caminaba con dificultad y finalmente las patas le fallaron, se tumbó en el suelo, bajo un árbol, justo a la orilla de la laguna, y cerró los ojos. Los recuerdos de su juventud le llegaron a su mente, recordando cuando era un joven lobo y corría raudo como el viento atravesando la pradera. Abrió los ojos por última vez para echar un vistazo a su precioso bosque y vio una luz bajar del cielo. Entonces su último aliento le dio vida de nuevo, su descolorido pelaje recobró su antiguo color y su corazón latió con fuerza nuevamente como cuando era joven. El dios de los Tarazashi no se había olvidado de él y le regresó a la vida y a la juventud. La antigua leyenda dice que cuando un animal o un hombre es capaz de ganarse la admiración del dios, éste le lleva a la laguna donde le devuelve a la vida, como si fuese un reflejo, una imagen en el agua.

9

Desde mi divorcio necesitaba como se suele decir aire nuevo y me embarqué en todas las expediciones arqueológicas que la universidad organizaba. Amaya ya era casi mayor de edad y podía cuidar de si misma; de todas formas, mi madre y mi hermana vivían al otro lado de la calle. A Tina me la llevaba siempre que podía; era una apasionada de la arqueología. Por supuesto esto lo heredó de mí; su padre era un estafador de poca monta; sí realmente ese era su verdadero oficio. Se las daba de listo y claro. Cuando yo era joven y fácilmente impresionable me quedé prendada por su palabrería. No, no era de esos que se dedicasen a estafar sacándoles el dinero a la gente, era de una calaña mucho peor, de esos que te hacen creer en algo que no existe. Él se declara antisocial; nada que tuviese que ver con trabajar o realizar el más mínimo esfuerzo iba con él. Yo, por suerte o por desgracia, tenía una familia bien situada, que me apoyaba en todas mis decisiones, pero eso solo me facilitó las cosas, el resto lo tuve que poner yo. Enseguida nació Amaya, cuando aún estaba terminando mis estudios, y mis padres tuvieron que hacer un gran esfuerzo para ayudarnos a salir del paso. Los primeros años vivimos en su casa, pero Harold no se sentía cómodo y nos mudamos a una cochambrera de apartamento de alquiler, un lugar poco vistoso donde la mayoría de las personas solo pasaban el tiempo justo que les costaba el polvo. Lo peor es que las vecinas atendían a los clientes a cualquier hora. No era un buen lugar para criar una familia, con vecinos tan promiscuos y trabajadores. Pasamos varios años en aquel sitio, hasta que por fin después de terminar la carrera conseguí un empleo como becaria en la facultad. Al menos el trabajo me reconfortaba; era lo que siempre había querido hacer en la vida. Lo malo es que al poco de cumplir Amaya los cinco años nació Valentina. Con las dos niñas pequeñas no podía salir a realizar trabajos de campo y siempre me perdía lo mejor. En los últimos años Harold se había quedado calvo de tanto pensar, y todos sus sueños de grandeza junto con aquella actitud revolucionaria desaparecieron. Ahora lo más que hacía era jugar a las cartas con sus amigotes e intentar ligar con las vecinas, situación que no podía soportar. Corrían rumores por el barrio, habladurías con más o menos fundamento que lo situaban en el dormitorio de alguna fresca. La gota que colmó el vaso fue un día que llegó borracho a casa, tan bebido que no era capaz de atinar con la llave en la cerradura. No esperé un momento más; no quería oír más mentiras, ya me había engañado durante demasiado tiempo. Cerré la puerta por dentro y le lancé sus escasas pertenencias por la ventana. Al día siguiente me mudé a casa de mi madre y no quise saber nada más de él.

Me centré exclusivamente en mi trabajo; ni siquiera salía a tomar nada con los compañeros, aunque Yunacoshi, insistía en que debía salir a divertirme. El profesor Yunacoshi al que los amigos le llamábamos Mao debido a su parecido con el antiguo líder chino, era un buen amigo desde el instituto. En realidad, su parecido con el dirigente comunista era realmente nulo; de hecho él era hijo de padre latinoamericano y de madre japonesa, pero los occidentales no sabemos nada en cuanto a las diferentes culturas y nacionalidades asiáticas; para nosotros, todos los que tienen los ojos rasgados son chinos.

Llevábamos varios años trabajando en una investigación, que relacionaba antiguas historias traducidas de tablillas cuneiformes originarias de la cultura mesopotámica, con relatos del antiguo Egipto. Sorprendentemente, algunas de las leyendas y nombres también aparecían en los manuscritos de Qumran, cerca del Mar Muerto. Esto planteaba una descabellada teoría: de cierta manera, parecía que había existido alguna gran civilización perdida, una cultura muy avanzada para su tiempo de la que han quedado fragmentos, pequeños vestigios ocultos en la historia de los pueblos antiguos. Desde que tenemos conocimiento existe este tipo de historias, la leyenda de los atlantes, la similitud entre las construcciones de diferentes partes del mundo, la analogía arquitectónica entre lugares separados por los océanos. Para Mao. un entusiasta de estas teorías, no era tan difícil; él creía en una antigua civilización, de donde vienen todos los conocimientos humanos. Era una antigua leyenda que escuchó por primera vez de labios de su padre. Pero para Mao no parecía difícil creer; también era uno de esos locos que creía en hombrecillos verdes llegados de otros planetas. Yo quizás había perdido esa fe; la mayoría de las personas creen en una u otra cosa; yo había creído durante demasiados años en las palabras de mi exmarido. Ahora que sabía lo que dolía darse un batacazo, prefería mantenerme con los pies en la tierra. Se organizó una expedición a un lugar perdido en medio del desierto. Según se había descubierto al descifrar e interpretar las tablillas con escritura de huellas de pájaro: "Las primeras personas que encontraron escritos en lengua cuneiforme, no le dieron mayor importancia; pensaron que se trataba simplemente de pisadas de aves que habían quedado impresas sobre arcilla fresca" marcaban un lugar en el desierto, utilizando un mapa estelar para señalizar el punto exacto, algo así como el primer GPS del que se tiene constancia. Yo pensaba quedarme en el laboratorio como siempre, esperando que pronto regresasen con muestras, aunque el trabajo realmente de descubrimiento se realizaba in situ en un pequeño laboratorio portátil. Mao insistió mucho en que les acompañase.

- Ya sabes que no puedo dejar solas a Tina y Amaya.

- Eso sólo son excusas. Las niñas ya son unas mujercitas y tienes a tu madre al otro lado de la calle, que seguro está encantada de quedarse unos días con ellas.

- Pero es que no puedo irme y dejarlas solas tanto tiempo.

- Una semana. Sales con el segundo equipo cuando ya esté localizado el lugar y te pones directamente a examinar e interpretar las muestras. Después a la semana siguiente coges un vuelo y regresas a casa.

- No sé, tendré que hablar con mi madre.

- Sabes que eres la mejor traduciendo lenguas antiguas y te necesito en el equipo.

- Está bien, siete días en África y me vuelvo a casa.

El lugar señalado cubría una extensión de cien hectáreas, un área cubierta por la arena del desierto que formaba dunas, demasiado grande para realizar una búsqueda al modo tradicional. Lo normal sería dividir el terreno en cuadrículas e ir sacando la tierra a pala hasta llegar al sustrato original. El desierto es como el océano, pero a diferencia de este no hay manera de ver lo que hay en el fondo. Por suerte en este caso disponíamos de un nuevo sistema, un radar de penetración terrestre experimental. Con él se habría una nueva etapa para la arqueología; solo Dios sabe cuántos tesoros se esconden bajo la arena. Se colocaron las antenas en cada esquina del perímetro y se lanzó un haz de ondas electromagnéticas a la estratosfera, donde rebotaban concentrándose como en una enorme parabólica; después, los rayos penetraban la superficie de la tierra y nos facilitaban imágenes que podíamos estudiar en nuestros ordenadores. Montar el radar fue laborioso, pero una vez en funcionamiento los resultados no se hicieron esperar. Las imágenes nos mostraron una antigua ciudad, desconocida para los historiadores, que había permanecido oculta bajo las arenas del desierto durante milenios. El trabajo de investigación llevaría décadas, pero el equipo del doctor Yunacoshi estaba buscando algo en concreto. Se trataba de una construcción circular, que se debía erguir varios metros tallada en roca, de forma similar a Stonehenge. Revisaban las imágenes pasándolas una y otra vez.

- ¡Para! Rebobina un instante ¡ahí! Centra la imagen y amplia, amplia un poco más, aplica el programa de logaritmos que elimina las distorsiones. ¡Ahí está! Lo sabía…

10

Durante la gran inundación, muchas fueron las personas que consiguieron salvarse gracias al coraje de María y de un extraño perro de pelaje negro. María lo encontró perdido en el parque cuando el agua amenazaba con llevárselo todo por delante; sin saber por qué el animal no se separó de ella y gracias a su fino oído y olfato consiguieron rescatar a muchas personas. Tenía una placa plateada colgada del cuello con un nombre grabado, pero parecía estar escrito al revés, como si fuese el reflejo de un espejo. Durante aquellos días el perro salvó la vida de muchas personas incluida la de María; cuando todo volvió a la normalidad el perro desapareció. Fue un hecho bastante raro; todos recordaban haber visto aquel animal, pero nadie sabía decir con certeza qué era lo que sucedió; parecía que simplemente desapareció. Algunos de los testigos coincidían en contar que el animal estaba a su lado, miraron un instante hacia otro lugar y cuando volvieron la vista al mismo sitio se había esfumado.

11

Son muchos los expertos que han consagrado su vida al estudio de tan singulares construcciones y ninguno de ellos ha llegado a formular una teoría sobre su construcción que convenciese al resto de la comunidad científica. ¿Con qué materiales, con que herramientas, con qué tipo de obreros contaban? ¿Cómo trasportaban los enormes bloques de piedra? y lo que quizás es más importante: ¿de dónde vino la idea de construir una edificación en forma de pirámide sin un cometido claro? Por lo menos hoy en día, no sabemos con certeza cuál era realmente el fin de tan majestuosas construcciones. Durante muchos años se pensó que se trataba de tumbas, pero las evidencias de años de investigación demuestran que aquellos reyes solían utilizar sepulcros escavados en la tierra, en lugares menos llamativos y más seguros, donde nada perturbase su descanso. Pero tal vez lo más curioso de este tipo de construcciones es que aparecen en los diferentes continentes, construidos por culturas que nada tenían que ver entre sí. Las pirámides encontradas en mitad de la selva amazónica, quizás encierren aún más secretos de los que podamos llegar a imaginar. ¿Por qué construir semejantes edificaciones en lugares tan remotos y aislados? Y de vuelta a las mismas preguntas: ¿con qué materiales, herramienta y mano de obra? Pero el misterio entorno a estas antiquísimas edificaciones no deja de crecer; recientes hallazgos arqueológicos nos hablan de pirámides ocultas bajo montañas de tierra sobre el continente europeo y también de lo que parece ser parte de una gran pirámide que se encuentra bajo el mar cerca de una isla japonesa. Si realmente se tratase de una construcción humana estaríamos ante una edificación que se remonta a la última glaciación, de hace unos ocho mil años. Esto cambiaría todo lo que suponemos sobre la historia de la humanidad, ya que hasta la fecha se piensa que en aquel periodo no existían culturas lo suficientemente avanzadas para construir una obra de tal magnitud.

12

El profesor había encontrado lo que habían venido a buscar. Enseguida señalizaron la zona y comenzaron las excavaciones. Llamó muy contento a Roice contándole las buenas noticias y pidiéndole que se preparase para el viaje. La doctora no tardó mucho en hacer las maletas y coger el primer vuelo directo al Cairo; allí, un vehículo preparado para rodar sobre las dunas, le estaba esperando y fue trasladada directamente a la excavación. Cuando llegó se encontraban varios monolitos al descubierto y en ellos podían leerse perfectamente las inscripciones. Los símbolos contaban una vieja leyenda que hablaba de una antigua civilización, de la que todos los seres humanos descendíamos y de un dios, el creador y protector de la vida en la tierra. Las teorías de Yunacoshi parecían confirmarse. Era algo totalmente impensable y que revolucionaria la arqueología y la historia. Desde la primera cultura conocida en Europa que levantase los megalíticos o bloques de piedra que formaban la estructura circular, pasando por la desembocadura del Éufrates y posteriormente por Egipto, todas ellas estaban interconectadas y habían sido creadas a partir de viajeros extranjeros que llegaron de otros lugares, de algún lugar lejano, trayendo con ellos parte de su cultura. Los símbolos tallados en la roca nos enviaban a las antiguas tierras de donde partió esta primera civilización. Pasaron varios días intentado descifrar todos los caracteres, pero el lugar al que los remitía parecía estar equivocado; se encontraba frente a la península Ibérica, en un lugar del océano atlántico, donde sólo había agua. Pero esto ilusionó aún más al profesor que creía firmemente en la teoría de la Atlántida.

- Pero esto nos lleva a un callejón sin salida. ¿Cómo vamos a encontrar el continente perdido? Y lo que me preocupa más aún: ¿de qué manera podemos localizar la capital en tan extensa área submarina?

- Llevo pensando en ello algunos meses y creo que podemos tomar fotos por satélite en alta resolución; después modificaremos nuestro programa para conseguir una mayor nitidez y realzar la zonas menos profundas. Creo que de esta forma conseguiremos distinguir las formaciones naturales de las estructuras artificiales creadas por los hombres.

Se hicieron públicos los hallazgos en el desierto, y varios grupos de arqueólogos internacionales acudieron al lugar. Para Yunacoshi era el momento de partir siguiendo las nuevas pistas.

La cosa comenzó a complicarse; las autoridades lugareñas no querían dar permiso para trabajar en sus costas y aunque la mayor parte de la zona se encontraba en aguas internacionales no nos dejarían ir a tierra para equiparnos.

- No sé cómo lo vamos a hacer. La universidad no dispone de muchos fondos y para poder actuar con la suficiente autonomía necesitaríamos un buque nodriza, con capacidad para permanecer en el lugar varios meses y sobre todo con capacidad para recargar las botellas de buceo. Sólo se me ocurre una idea y ya lo intentamos una vez. Fue un desastre: trabajar con buscadores de tesoros para que financien la expedición. ¿Tú qué opinas, Roice?

- Eso es una locura, tenemos que descartarlo por completo. Recuerda lo que sucedió en Bahamas. Esos tipos expoliaron el yacimiento.

- Pero para trabajar bajo el agua necesitaremos un barco para transportar todos los equipos de buceo.

- ¿A qué profundidad calculas que tendremos que trabajar?

- Posiblemente no se superen los veinte metros, aunque la mayor parte del tiempo estaremos a menos de diez. Siempre se pensó que eran unos bancos de arena poco profundos, pero ahora estoy casi seguro de que se trata del continente perdido. La subida del nivel del mar tubo que sumergir estas tierras tras el periodo glacial.

- Tengo dos alumnos que están trabajando en un sistema de buceo. Algo totalmente diferente a lo que se ha visto hasta ahora.

Quedaron a la mañana siguiente con los dos chavales para que les hiciesen una demostración del artilugio en la piscina de la universidad. Roice y Mao esperaban pacientemente tomando un café. Llegaron los dos inventores con unas maletas de viaje rígidas que se deslizaban sobre ruedas. La parte superior de las mismas estaba provista de una placa solar. Las abrieron y sacaron un regulador del interior. El sistema era sencillo y disponía de dos modalidades, una de inmersión a poca profundidad y otra para bajar hasta unos veinte metros. La primera únicamente estaba equipada con un regulador, y en la segunda se conectaba un latiguillo a un equipo estándar de submarinismo, de esta manera el compresor que se encontraba en superficie siempre lo mantenía lleno de aire.

- Bueno muchachos me parece increíble. ¿Cómo se os ha ocurrido?

Javier y Francisco eran muy aficionados al buceo desde niños. De pequeños practicaban en el río con Snorkel. Años más tarde hicieron el curso y comenzaron a practicar con botella, pero siempre surgía el mismo problema: las botellas se terminaban en unos cuantos minutos y había que regresar al club donde tenían grandes compresores que las cargaba. Así que lo normal era hacer una inmersión al día; con mucha suerte y madrugando mucho dos, una por la mañana y otra por la tarde. Era un sistema complicado y muy caro. Pero Javi y Fran habían aprendido a bucear en ríos y pantanos, y eran los lugares que más les gustaban. Para poder practicar en estos sitios tenías que tener equipo propio; ningún club te alquilaría su material para que te metieses por tu cuenta en un lago. Así que este verano mientras buceaban a pulmón, a Fran, que iba detrás, se le ocurrió una idea. Poder desplazarse arrastrando una pequeña embarcación que le suministrase aire comprimido. Era ya por la tarde cuando comentó la idea con Javi y salieron corriendo a toda prisa hacia unos grandes almacenes. Compraron las piezas necesarias, y cuando regresaron ya era de noche, pero aun así, montaron el rudimentario equipo mientras iluminaban con los faros del coche la orilla del lago. Lo conectaron con unas pinzas a la batería del vehiculo y Fran se sumergió en la oscuridad. Comenzaron a pasar los minutos y no aparecía. Javier empezaba a estar algo preocupado, pero las burbujas que salían a la superficie parecían indicar que todo marchaba bien. Por lo menos quería decir que respiraba, aunque podía encontrarse atrapado en el fondo y no poder subir. Pasaron veinte largos minutos hasta que Francisco emergió.

- Que susto, estaba apunto de lanzarme al agua. ¿Cómo se te ocurre tirarte veinte minutos del tirón?

- ¿Veinte minutos? No me lo puedo creer, perdí la noción del tiempo; ahí abajo estaba en completa oscuridad, solo veía el reflejo de las luces del coche, que formaban una especie de aurora boreal sobre mi cabeza.

Increíble, era el primer invento que funcionaba a la primera. Después, aplicando algunas ideas de Javier, consiguieron que el aparato funcionase de forma ininterrumpida. Gracias a su acumulador y a la placa solar, podía estar funcionando indefinidamente siempre que hubiese luz. Con un pequeño ordenador de muñeca podían ascender o descender según las necesidades, para permanecer sumergidos en la zona sin necesidad de hacer parada de descompresión. Estaban ensayando con una idea nueva, una escafandra rígida que se unía a una especie de coraza y que permitía no hacer descompresión.

- Sólo tengo una pregunta —dijo el profesor: ¿qué pasa si el compresor falla o si la pequeña manguera que suministra el aire al equipo se corta?

La manguera, aunque era muy fina, del grosor de una pajita de refresco, era muy resistente, pero en caso de rotura, avería del compresor, etc... La botella que portaba el submarinista disponía de una válvula anti-retorno que no dejaba escapar el aire. Cuando la presión descendiese llegando a un límite, una alarma luminosa se encendería en el pequeño ordenador de muñeca. Con este aire podrían realizar una salida segura. Pero en el equipo todo iba por duplicado, dos reguladores, dos mangueras de suministro, y dos compresores. Probaron durante cientos de horas de inmersión los equipos y eran incluso más fiables que bucear con bombona. De todas formas las normas aconsejan bucear en pareja, por si un equipo falla, poder utilizar el del compañero, a través de su Octopus de emergencia.

Como todo nuestro equipaje parecía estándar, nos alojamos en un hotel en primera línea de playa, como turistas normales. Mientras, nuestro bufete de abogados intentaba solucionar el tema burocrático, que parecía ir para largo. Sólo necesitamos alquilar una pequeña embarcación. Dos personas permanecían a bordo mientras otros dos nos sumergíamos. Con el nuevo sistema podíamos permanecer todo el día explorando el fondo. Llevábamos ya varias semanas y me parecía que me comenzaban a salir escamas. Pero por el momento no encontrábamos más que formaciones geológicas naturales y ningún indicio de arquitectura humana. En una de las inmersiones me pareció extraño que una hilera de sedimentos se alejase en la distancia hasta donde alcanzaba la vista. Esta especie de arrecife se encontraba nivelada a la misma altura y parecía una calzada romana. No era fácil distinguir ya qué la fauna marina se había asentado sobre ella; pero sin saber a ciencia cierta si se trataba de una formación natural o artificial, seguimos el camino. La vía parecía infinita y al segundo día comenzábamos a dudar de si estábamos haciendo lo correcto. Entonces encontramos una especie de monolitos a ambos lados del camino que parecían una puerta de entrada.

13

La leyenda de la Atlántida es seguramente una de las historias más antiguas y recurrentes de las que hablaban las antiguas culturas. Muchos están de acuerdo en que se trata de una fábula, un cuento para niños que llegó hasta los antiguos griegos, quienes se encargaron de difundirlo por todo el mundo. Pero hay muchas personas que no coinciden con esta idea y continuas expediciones arqueológicas han buscado y continúan buscando indicios de dicho continente perdido. ¿Es posible que cercana a las costas de algún país se extendiese una gran masa de tierra, una gran isla o una península que, debido a fuerzas naturales terminase sumergida bajo las aguas del océano? Nuevamente nos enfrentamos al problema de ajustar las fechas, con los cambios climáticos de los que tenemos constancia. Si esto ocurrió tras la última glaciación donde el nivel del mar subió, a la mayoría de expertos les es difícil creer que en aquellas fechas hubiese civilizaciones humanas tan avanzadas. ¿Pero pudo haber una civilización ancestral que dominase las artes y las ciencias, capaz de navegar cruzando los océanos, mientras que en el resto del mundo permanecían viviendo en cavernas? Es posible que nos neguemos a creer que nosotros mismos somos una sub-civilización, los primos menores de una cultura que nos adelantaba miles de años. ¿Podría ser tal civilización la conexión, entre las diferentes culturas modernas? ¿Son las obras más antiguas de la humanidad, copias o imitaciones del legado que nos transmitieron?

Hay una cuestión que me ronda continuamente por la cabeza: los expertos forenses y antropólogos han determinado que si cogiésemos a un niño de hace cincuenta mil años y lo llevásemos a nuestra casa, fuese al colegio como el resto de niños e hiciese las mismas actividades, no se diferenciará demasiado de ellos, ya que su capacidad mental es prácticamente la misma. Entonces, ¿cómo puede ser que pasásemos tanto tiempo tumbados a la bartola? Lo que me lleva a la siguiente pregunta: ¿cómo puede ser que las diferentes razas aisladas en los distintos continentes desarrollasen al mismo tiempo el interés por el arte, la cultura y la ciencia?

14

Hasta el momento nadie relacionó los hechos, pero varios investigadores estaban sospechando de las asombrosas coincidencias en las gráficas de aumento de temperatura de las corrientes oceánicas y de los cada vez más habituales tsunamis y terremotos. Algunas teorías recientes apuntaban a una diferencia de presión que el mar producía sobre las placas tectónicas. Dicha diferencia se debía en parte al cambio de temperatura y por lo tanto de densidad del líquido que las cubría. También afectaba directamente al lecho oceánico alterando su estabilidad. A estas enormes profundidades la temperatura y la presión habían permanecido inalterables durante miles de años, pero ahora las acciones de los hombres habían roto este frágil equilibrio. El aumento de emisiones contaminantes produce el llamado efecto invernadero; la polución de la atmósfera impide la salida de los rallos solares, produciendo dicho efecto. Con la mayor radiación solar la temperatura aumenta y el clima se vuelve mucho más seco y árido. Uno de los efectos se ve directamente sobre la vegetación; grades zonas donde la vegetación era exuberante pierden su humedad volviéndose más oscuras e incluso secándose. El desierto avanza rápidamente sobre estas zonas y al perder su vegetación estas áreas que antes regulaban la temperatura se vuelven cono una sartén, acumulando más calor proveniente del sol. Los hombres avanzábamos asfaltando y urbanizando nuevas zonas, ampliando nuestras megaciudades, que del mismo modo contribuían al aumento de la temperatura. Pero el problema era más complicado de lo aparente; con la subida de la temperatura uno no podía ir en invierno en manga corta

76

como en un principio todos pensamos. *¿Pues a quién le molestan los inviernos más suaves?* Pero el sistema no funcionaba de esta manera. Resulta que si aumentas la temperatura y los glaciares comienzan a descongelarse y las corrientes oceánicas cambian su curso, lo que obtenemos es un movimiento brusco de los vientos. El aire se calienta más rápidamente en unas zonas y por lo tanto se mueve con mayor velocidad hacia zonas más calidas buscando un equilibro; esto puede formar huracanes, pero también sucede que estos vientos de los polos llegan más lejos, dejando precipitaciones de nieve en zonas tropicales. Las especies de estos lugares poco adaptadas a estas temperaturas tienen muy difícil su supervivencia. Un ejemplo gráfico podemos verlo de la siguiente manera: si ponemos un cubito de hielo en un vaso y acercamos la mano percibimos muy poco el cambio de temperatura, pues el hielo se está derritiendo muy lentamente; en cambio, si añadimos agua el cubito que ahora se deshace más rápidamente emite mucho más frío. Así que si aplicamos esto a los casquetes polares indudablemente con corrientes de agua más cálidas aumenta el deshielo y por lo tanto hay una bajada de la temperatura. El cambio brusco provoca condiciones extremas que hace que el clima intente equilibrarse y las corrientes de viento se mueven más rápido, más lejos y con mayor fuerza.

Con las zonas desérticas sucede el efecto contrario. Estas zonas más oscuras que absorben gran cantidad de radiación solar no son capaces de eliminarla y la temperatura del aire aumenta; estos aires calidos se mueven bruscamente como el agua de una cacerola cuando comienza a hervir. Para estabilizarse avanza hacia zonas más frías arrastrando el clima cálido del desierto a zonas del norte. Todo está en perfecta armonía; el clima es como un junco: si lo empujamos con fuerza hacia un lado retornará con violencia hacia el contrario, agitándose hasta volver a su posición original. Una vez alterado los latigazos del clima nos sacudirán con violencia. Sólo unos cuantos grados de variación en la temperatura pude hacer que toda nuestra civilización se venga abajo. No hace más de unos días, el viento del norte hizo bajar la temperatura unos cuantos grados y la fina lluvia que caía hasta el momento se convirtió en nieve y esta en hilo al tocar el suelo. Bien, pues toda la ciudad y prácticamente todo el país se paralizó. Mis vecinos se levantaron por la mañana como todos los días para ir a trabajar y como estamos a acostumbrados a nuestros coches que nos llevan a todas partes, pues los cogieron sin pensar en el temporal, ya que ninguno de ellos conseguía avanzar más de unos metros por las carreteras heladas. La tecnología de la que tan orgullosos nos sentimos nos abandonaba, dejándonos solos, por tan solo un poco de hielo. Los aeropuertos no funcionaban, los suministros de electricidad se veían interrumpidos, las calefacciones de las casas no funcionaban y aquellos bonitos apartamentos se convertían en auténticas neveras. Prácticamente toda nuestra sociedad está basada, reposando sobre unos cuantos avances tecnológicos; sin transporte, la comida no llega a las tiendas, no podemos ir al trabajo y nuestras viviendas se convierten en cárceles. Sólo necesitamos que el suministro de combustible falle, pues casi todo se mueve gracias al petróleo. Pero aunque este no escasease, simplemente con un pequeño cambio de temperatura nuestra tecnología deja de funcionar y nuestras ciudades se muestran inútiles. La mayoría de los vehículos: coches, camiones, trenes y aviones, dejan de funcionar si la temperatura es muy baja o elevada. Pero tampoco estamos preparados para que el agua que no ha llovido durante todo el año se descargue de golpe en un solo día. ¿Qué es lo que hicimos cuando el clima comenzó a cambiar? Mirar hacia otro lado: si un día llovía mucho pues esperábamos a que escampase; luego los seguros se harían cargo de los daños materiales. Si el viento polar llegaba y soplaba durante días, pues nos quedábamos en casa arropados con mantas esperando a que pasase la tormenta; los que no tuviesen casa que se las apañasen como pudiesen…

Continuamos con nuestra forma de vida, interrumpida brevemente por aquellas puntuales catástrofes, que a menudo sólo se cobraban vidas en países pobres, justamente los menos culpables. Pero la tierra se reservaba una última palabra: la actividad sísmica comenzó a ser mayor y los terremotos eran más frecuentes. Cómo anteriormente, una pequeña diferencia convertía un suceso inofensivo en una auténtica tragedia. Cuando los temblores de tierra fueron más violentos, los edificios se vinieron abajo como castillos de naipes y ciudades enteras se convertían en escombros.

Terremoto de Valdivia de 1960

El terremoto de Valdivia de 1960, conocido también como el Gran Terremoto de Chile, fue un sismo registrado el domingo 22 de mayo de 1960 a las 19:11 UTC. Su epicentro se localizó en las cercanías de la ciudad de Valdivia, Chile, y tuvo una magnitud de 9,5 en la escala sismológica de magnitud de momento, siendo el mayor registrado en la historia de la humanidad. Junto al terremoto principal se registraron una serie de movimientos telúricos de importancia entre el 21 de mayo y el 6 de junio que afectaron a gran parte del sur de Chile.

El sismo fue percibido en diferentes partes del planeta y produjo un maremoto que afectó a diversas localidades a lo largo del océano Pacífico, como Hawaii y Japón, y la erupción del volcán Puyehue. Cerca de 3.000 personas fallecieron y más de 2 millones quedaron damnificados a causa de este desastre.

Terremoto en Concepción

Mapa del epicentro del terremoto del 21 de mayo de 1960, en las cercanías de Curanilahue.

Antes del amanecer del sábado 21 de mayo de 1960, a las 06:06, un fuerte sismo sacudió gran parte del sur de Chile. Se registraron 12 epicentros en la costa de la península de Arauco, actual Región del Biobío. El movimiento tuvo una magnitud de 7,75° en la escala de Richter y de VII en la escala de Mercalli, afectando principalmente la ciudad de Concepción, Talcahuano,

Lebu, Chillán y Angol y fue percibido entre el Norte Chico y la zona de Llanquihue.

El primer movimiento telúrico produjo el derrumbe del puente carretero de 2 km de largo sobre el río Biobío, que comunicaba a la ciudad de Concepción con Coronel, Lota y la provincia de Arauco. A las 6:33, un segundo movimiento similar al anterior, sacudió la zona y derrumbó las construcciones deterioradas por el primer terremoto. Sin embargo, no hubo víctimas fatales ya que gran parte de la población había evacuado los hogares por miedo a los derrumbes.

Las comunicaciones telefónicas desde Santiago de Chile al sur estaban interrumpidas y las primeras noticias de la situación se conocieron por los informes del periodista Enrique Folch que había captado señales de radioaficionados desde la zona de la tragedia. El presidente Jorge Alessandri inmediatamente suspendió las ceremonias en honor al Día de las Glorias Navales, entre las que se contaban el tradicional mensaje del Presidente a la nación desde el Congreso Nacional.

El gobierno chileno comenzó inmediatamente a solicitar ayuda a las zonas del país que no habían sido afectadas y a la comunidad internacional, mientras la lluvia caía con fuerza y un tercer terremoto en la tarde azotaba las ciudades afectadas. Los cortes en los tendidos eléctricos produjeron diversos incendios y las cañerías de agua potable se rompieron. A pesar de que muchas edificaciones estaban completamente destruidas por el interior, sus fachadas se mantenían prácticamente intactas.

Terremoto en Valdivia

Mientras Chile organizaba la ayuda a los habitantes de Concepción y las ciudades cercanas, una tragedia aún peor estaba por ocurrir. A las 14:55 del día domingo 22 de mayo de 1960 se produjo un movimiento sísmico cuya máxima magnitud llegó hasta los 9,5 grados en la escala de Richter y tuvo una duración de 10 minutos aproximadamente. Estudios posteriores afirmaron que dicho movimiento en realidad fue una sucesión de más de 37 terremotos cuyos epicentros se extendieron por más de 1350 km. El cataclismo devastó todo el territorio chileno entre Talca y Chiloé, es decir, más de 400 000 km².

La zona más afectada fue Valdivia y sus alrededores. En dicha ciudad, el terremoto alcanzó una intensidad de entre XI y XII grados en la escala de Mercalli. Gran parte de las construcciones de la ciudad se derrumbaron inmediatamente, mientras el río Calle-Calle se desbordaba e inundaba las calles del centro de la ciudad. En el puerto de Corral, cercano a Valdivia, el nivel del mar había subido cerca de 4 m antes de comenzar a retraerse rápidamente cerca de las 16:10, arrastrando a los barcos ubicados en la bahía (principalmente los navíos «Santiago», «San Carlos» y «Canelos». A las 16:20, una ola de 8 m de altura azotó la costa chilena entre Concepción y Chiloé a más de 150 km/h. Cientos de personas fallecieron al ser atrapados por el maremoto que destruyó pueblos en su totalidad. Diez minutos después, el mar volvió a retroceder, arrastrando las ruinas de los pueblos costeros para nuevamente impactar con una ola superior a los 10 m de altura. Los navíos fueron completamente destruidos a excepción del «Canelos» que quedó encallado luego de ser arrastrado por más de 1,5 km.

La onda expansiva comenzó posteriormente a recorrer el océano Pacífico. Casi quince horas tras el evento en Valdivia, un maremoto de 10 m de altura azotó la isla de Hilo, en el archipiélago de Hawái, a más de 10 000 km de distancia del epicentro, provocando la muerte de 61 personas. Similares eventos se registraron en Japón, Filipinas, Rapa Nui, en el estado de California, Estados Unidos, Nueva Zelanda, Samoa y las islas Marquesas.

Cuando la pavorosa pesadilla del terremoto haya pasado, se escribirá la epopeya del Riñihue: lo que hizo el hombre, ayudado por la máquina y por la técnica, para impedir la destrucción de una zona de cien mil habitantes, por la acción de las aguas de un lago, que quedaron aprisionadas y que quisieron recuperar su libertad con furia y fuerza homicida y devastadora.

Luis Hernández Parker
Dos días después del terremoto, el volcán Puyehue, a 200 km del epicentro, hace erupción.

Mientras la noticia del terremoto más fuerte registrado en la historia recorría el mundo, y reporteros internacionales, políticos y militares se dirigían a las ciudades afectadas, una posible catástrofe aún mayor era analizada por organismos gubernamentales. Debido al terremoto, diversos cerros se habían derrumbando bloqueando el desagüe del lago Riñihue (39°46′43″S 72°27′03″O / -

39.77861, -72.45083). El Riñihue es el último de los Siete Lagos, una serie de lagos interconectados, y desagua por el río San Pedro que recorre diversas localidades hasta llegar a Valdivia antes de desembocar en el Pacífico.

Antecedentes del tipo de desastre que se podía producir, ya se conocían; ya que está descrito que en el terremoto del 16 de diciembre de 1575, en el que la "fuerza del sismo fue tan grande, que un derrumbe cerró el desaguadero del lago Riñihue, dique que cedió en abril del año siguiente, inundando en forma desastrosa una extensa región".

Al bloquearse el río San Pedro, el nivel de las aguas comenzó a crecer rápidamente. Cada metro que subía el nivel del lago correspondía a 20 millones de m^3, por lo que cuando el lago se rebalsase al superar el tercer y último tapón de 24 m de altura, tendría más de 4.800 millones de metros cúbicos que bajarían por el río San Pedro con un caudal de más de 3 000 m^3/s (durante sus crecidas, el San Pedro no superaba los 400 m^3/s) destruyendo todos los pueblos en su ribera en menos de 5 horas. Dicho caudal podría haber aumentado a cifras incalculables en caso de que el tapón formado hubiese colapsado.

Para evitar la destrucción definitiva de Valdivia y Corral, diversos batallones del Ejército de Chile y cientos de obreros y constructores de ENDESA, CORFO y el Ministerio de Obras Públicas participaron en la tarea de controlar el vaciado del lago de tal forma que su cauce no arrasara con lo que quedaba de aquellas ciudades. Para esto, 27 bulldozers trabajaron en bajar el nivel del tapón de 24 a 15 m para que el lago comenzara a vaciar lentamente 3 000 millones de m³, mientras otros detenían el flujo de los ríos que conectan el Riñihue con los lagos Panguipulli, Calafquén, Neltume y Pirihueico. El día 23, tras agotadoras horas de trabajo, el lago comenzó lentamente a vaciarse desvaneciendo el potencial peligro a los 100 000 habitantes que vivían en la zona afectada. Los trabajos, liderados por el ingeniero Raúl Sáez, acabaron solamente dos meses después del inicio de las maniobras.

Todos estos eventos fueron calificados como la "Hazaña" o "Epopeya del Riñihue", producto de la gravedad de la situación y la forma en que se desarrolló la respuesta por parte de los integrantes de los organismos del Estado chileno, las empresas privadas y públicas, el Ejército y miles de voluntarios que colaboraron directa e indirectamente en la faena. Todos estos hechos quedaron registrados en un documental llamado "La Respuesta (Hazaña del Riñihue)" realizado por el historiador chileno-español Leopoldo Castedo, en el cual se narra la respuesta para desactivar el potencial destructivo de la naturaleza.

Sismología

Terremotos en Chile entre el 21 de mayo y el 6 de junio de 1960. Epicentro. Fecha y hora (UTC-4)   Ms

Epicentro	Fecha y hora (UTC-4)	Ms
Curanilahue	21 de mayo, 06:02	7,25
Concepción	21 de mayo, 06:33	7,25
Concepción	22 de mayo, 14:58	7,5
Valdivia	22 de mayo, 15:10	7,5
Valdivia	22 de mayo, 15:40	9,5[1]

Península de Taitao   25 de mayo, 04:37   7,0
Puerto Edén   26 de mayo, 09:56   7,0
Península de Taitao   2 de junio, 01:58   6,75
Península de Taitao   6 de junio 01:55   7.0
Recorrido del tsunami desde Valdivia a lo largo del Océano Pacífico.

Chile se ubica a lo largo de una zona de alta sismicidad conocida como el «Cinturón de fuego del Pacífico». Esto es producto del choque tectónico entre la placa Sudamericana y la placa de Nazca y la subducción de esta última bajo la placa continental. El movimiento y la fricción entre estas dos placas tectónicas convierte a Chile en una zona con frecuentes terremotos y alto volcanismo.

La energía que se produce debido a la tensión entre ambas placas se puede acumular para manifestarse en grandes movimientos telúricos como fue en el caso de Valdivia. Estudios actuales han demostrado que terremotos similares (denominados Gigantes) tienen un patrón de ocurrencia cercano a los 300 años; el único terremoto de estas características en la zona registrado es el terremoto de 1575, pero existen informaciones que aseguran eventos idénticos en los siglos XI y XIV.

A pesar de que tradicionalmente se considera únicamente el principal terremoto, varios terremotos se produjeron durante dos semanas en el sur de Chile entre el 21 de mayo y el 6 de junio de 1960. El primer movimiento se produjo el 21 a las 6:02:52 con epicentro en 37°30′S 73°30′O / -37.5, -73.5, 5 km al oeste de Curanilahue, Región del Biobío. Este movimiento tuvo una magnitud de 7,5° y en Concepción tuvo una intensidad de VIII a IX en la escala de Mercalli. Posteriormente se sucedieron réplicas de 6,5, 7,5, 7,8 y 7,5°. El 22 de mayo a las 15:10:48, tras un temblor menor sucedido 15 min antes, se produjo un nuevo terremoto con epicentro a 80 km aproximadamente al oeste de Ancud, Chiloé (45°0'S 74°30'O / -45, -74.5, y de 7,5° de magnitud. 28 segundos después de su inicio y antes de que acabara el movimiento oscilante, se produjo un violento sismo de 9,5 Mw, y de 10 minutos de duración. El epicentro de este movimiento se ubicó en el océano Pacífico, 38°30'S 74°30'O / -38.5, -74.5, entre 130 y 180 km al norte de Valdivia y una profundidad de 60 km. Tras este movimiento se produjeron nuevos eventos sísmicos a lo largo de la costa chilena en dirección al sur llegando hasta los 46° S. Esta serie de terremotos, por lo tanto, se sucedieron a lo largo de una franja de 1000 km de longitud y 200 de ancho.

La gran energía liberada (cercana a los $4,5 \times 10^{18}$ julios, equivalente a la explosión de 260 millones de toneladas de TNT) provocó drásticos cambios en la estructura de la Tierra. El eje terrestre se movió 3 centímetros, mientras las placas Sudamericana y la de Nazca se acercaron bruscamente cerca de 40 metros, cuando normalmente lo hacen a 8 cm anuales.

Efectos

Gran parte del sur de Chile se vio destruido por el terremoto. Chillán, la ciudad más austral que mantenía contacto con Santiago tras el terremoto, tuvo un 20% de sus edificios dañados gravemente. Talcahuano quedó con el 65% de sus viviendas destruidas y un 20% de las que se mantenían estaban inhabitables, mientras la vecina ciudad de Concepción contaba con más de 125 muertos y 2 000 hogares arrasados. El puente sobre el río Biobío se derrumbó en tres secciones, mientras la usina de Huachipato estuvo a punto de quedar inutilizable luego de que la mezcla de hierro comenzara a enfriarse tras el corte de la energía eléctrica. El agua inundó las minas subterráneas de carbón de la península de Arauco. Los Ángeles fue destruida en un 60% y Angol por sobre el 82%, quedando 6 000 personas en dicha ciudad sin hogar. El lago Villarrica se desbordó, mientras un alud de tierra sepultó a los 300 habitantes de la comunidad mapuche de Peihueco.

Valdivia y sus alrededores fueron las zonas más afectada con el desastre natural de 1960. El 40% de los hogares fueron destruidos por el movimiento telúrico, dejando a más de 20 000 personas damnificadas. El río Calle-Calle se desbordó inundando gran parte del centro de la ciudad, lo que obligó a la evacuación de los barrios de Collico, Las Ánimas e Isla Teja. Los principales edificios, como el del Cuerpo de Bomberos y el Hospital, quedaron inutilizables. El cercano puerto de Corral sufrió el azote del tsunami que arrastró a gran parte de su población, dejando centenares de muertos y desaparecidos. La bahía en que desemboca el río Valdivia recibió a diversos barcos arrastrados por las olas: el "Carlos Haverbeck" y "Canelos", los vapores "Prat" y "Santiago", los remolcadores "Pacífico" y "Chanchorro" y el buque de dragado "Covadonga", muchos de los cuales se hundieron principalmente. El "Canelos" varó en un sector del río Valdivia, mientras el "Santiago" recaló en las cercanías de Niebla y la "Covadonga" sobre una escuela en las cercanías del río Putimay.

Al igual que en Corral, en toda la costa el tsunami provocó más daños que el terremoto mismo. En la zona de Cautín, los pueblos de Toltén, Puerto Saavedra y Queule fueron prácticamente borrados del mapa terrestre. Mientras en Puerto Saavedra, su población de 2 500 habitantes alcanzó a huir a tierras altas antes de presenciar como las olas arrastraban las casas a mar adentro a excepción de una, lo mismo no ocurrió con los otros dos pueblos que fueron completamente asolados. Situaciones semejantes ocurrieron en poblados de la costa de Valdivia (como Los Morros, San Carlos, Amargos, Camino Amargos, Corral Bajo, La Aguada, San Juan, Ensenada, Niebla, Mehuín y Los Molinos); y la costa de la provincia de Osorno (Bahía Mansa, Pucatrihue, Maicolpué y Choro Traiguén).

Puerto Montt sufrió la destrucción del 80% de sus construcciones, tanto por el terremoto como por el tsunami y los posteriores incendios, desapareciendo el mercado de Angelmó entre otras localidades. En Chiloé, gran parte de los pueblos costeros también sufrieron el embate de las aguas y se destruyó la mayor parte de los palafitos que en lugares como Chonchi o Dalcahue; los pequeños poblados de la costa occidental quedaron aislados y Rahue fue completamente arrasado.

15

Qué pesados, pensó Roice, pues su teléfono no paraba de sonar. Estaba examinando unas muestras y no tenía tiempo para atender llamadas. Seguro que se trataba de su madre y no quería entretenerse en conversaciones triviales sobre meteorología o el tema principal de conversación de su madre, hablar de la vecina. Pero hoy no se daba por vencida y continuaba llamando una y otra vez. Finalmente cogió el teléfono y como imaginó se trataba de su madre.

- ¿Qué quieres mamá? Estoy muy ocupada.
- Roice ha sucedido algo…
- ¿Cómo que ha sucedido algo? ¿A qué te refieres?
- Hija no sé cómo decírtelo, pero es necesario que regreses urgentemente a casa.
- Mamá me estás poniendo muy nerviosa. ¿No les habrá pasado nada a las niñas?
- Verás, Amaya ha tenido un accidente de coche y está en el hospital

Las piernas le flojearon y se sentó un momento; después de realizar varias preguntas y conociendo lo dramática que era su madre, decidió llamar al hospital, para que un facultativo pudiese informarla con precisión. El golpe fue muy fuerte y de momento permanecía en observación. De inmediato salió corriendo dejando todo por medio. No tuvo tiempo de contactar con su colega Mao, ya se lo explicaría más tarde; ahora en lo único que pensaba era en llegar junto Amaya lo antes posible.

Llegué al aeropuerto corriendo a toda prisa, muy nerviosa por la situación. Pero tal y como están las cosas hoy en día, lo mejor es armarse de paciencia ya que para embarcar tienes que pasar por infinidad de controles y dado mi estado de ansiedad, les parecí sospechosa. Casi agarro al policía por el cuello cuando me llevaron a una sala para realizarme un interrogatorio. Por suerte el hombre fue muy comprensivo y en cuanto expliqué mi situación me acompañó rápidamente hasta la puerta de embarque. Ya en el avión me tomé un par de pastillas de melatonina para intentar descansar un rato y llegar a casa lo más despierta posible, pero no hubo manera. Cuando por fin aterrizamos, el efecto de las píldoras me hacía muy difícil mantener los ojos abiertos. Ahora, además de estar estresada, caminaba como un zombi, el cuerpo no me respondía y aunque intentaba caminar a prisa no lo lograba. Pero eso no era lo peor: era incapaz de pronunciar correctamente y hablaba como si estuviese borracha. ¡Mi salvación!, pensé al ver una máquina de café. Me tomé un par de ellos, prácticamente de un trago y el remedio parecía funcionar, aunque sufría algunos bajones repentinos en los que me quedaba prácticamente sin sentido. Entré en el hospital y busqué la habitación; en ella se encontraba mi madre y Tina. Amaya tenía la cabeza vendada y un ojo amoratado, casi me desmayo de la impresión. La situación se volvió más relajada cuando me habló con normalidad. Pensé: gracias a Dios, parece que el accidente no fue tan grave.

- ¿Pero cómo se te ocurre montarte en el coche de ese chaval?
- Me monté porque mi mejor amiga Fany me invitó. Ya sé que su hermano es un idiota, pero no pensé que fuese capaz de conducir estando bebido.

Ninguno de los muchachos estaban graves; una verdadera suerte ya que el coche quedó en un estado lamentable. Los jóvenes siempre cometen estupideces y deben aprender de sus errores, pero hay errores que pueden costarles la vida. Dada la situación no era el momento para andar con reprimendas, ya recibiría su castigo en el momento adecuado.

Como aún pasaría algunos días en el hospital aproveché para pasarme por el laboratorio de la universidad, recoger unos documentos y de paso llamar desde allí a Yunacoshi e informarle de lo sucedido. Atravesé la puerta de cristal giratoria y caminé por el amplio corredor. Al fondo vi un grupo de personas con bata blanca, pero desde la distancia no conseguía reconocerlos. Continué caminando hacia ellos y me pareció escucharles murmurar en un idioma extranjero. Nos cruzamos; cuando pasaron a mi lado ni siquiera saludaron. Me pareció extraño encontrarme con personal nuevo. Llegue a la puerta 112 dándole vueltas a una imagen. Inconscientemente, el cerebro detectó alguna anomalía, un hecho inusual: aquellas personas del pasillo, aunque vestían como doctores, calzaban botas negras estilo militar. Nadie llevaba calzado de calle; normalmente utilizábamos zuecos ergonómicos de color blanco para estar más cómodos y por razones de higiene. Al ser nuevos, podía comprenderse que anduviesen con el calzado de calle, pero ¿botas de militar? Y todos iguales como si fuesen un grupo de Heavy metal. En algunas ocasiones colaborábamos con el ejército y les prestábamos nuestras instalaciones para que pudiesen realizar algunos experimentos.

La puerta que daba acceso al laboratorio disponía de un cierre de seguridad que se abría pasando la tarjeta identificadora que cada uno de nosotros poseía. Me dispuse a pasar mi identificación por el lector inteligente, pero la puerta estaba entreabierta, cosa que pasaba algunas veces sobretodo cuando el profesor Yunacoshi que era un despistado de mucho cuidado andaba por aquí. Pasé al interior y me encontré a una mujer desconocida hurgando en mi escritorio.

- ¿Qué está haciendo? —le pregunté.

La persona se quedó muy sorprendida y sin mediar palabra salió a toda prisa de la sala. Justo cuando se marchaba pude ver durante un breve instante su calzado, que efectivamente también era militar. Mis documentos estaban totalmente revueltos; parecía que habían estado buscando algo. Una cosa me llamó la atención: bajo la mesa del microscopio electrónico se encontraba un objeto extraño. No sé por qué actué de esta manera. Pero en aquel momento pensé que lo más lógico era avisar del incidente al jefe de seguridad. Cuando estaba apunto de abandonar el laboratorio, escuché una especie de silbido. El ruido provenía del artilugio y de este comenzó a salir un humo denso, que se extendía por el suelo rápidamente como una espesa niebla. En unos segundos el tiempo que tardé en reaccionar el gas ya me llegaba hasta las rodillas. Instintivamente cogí una bocanada de aire y mantuve la respiración a la vez que salía al pasillo. Pero aquel humo estaba por todas partes, parecía que en las papeleras también habían colocado estos artefactos. Corrí hacia la escalera de emergencia, conteniendo la respiración. Al avanzar tropecé con algo; al mirar con más atención, pude ver a varias personas tiradas por el suelo, que prácticamente quedaban cubiertas por el gas blanquecino. El corazón me latía a toda velocidad y el aire que mantenía retenido en mis pulmones comenzaba a calentarse. Abrí las puertas de un empujón buscando una ventana por la que respirar, pero en el hueco de la escalera no había nada; tendría que bajar a la planta de abajo para intentar respirar por una de las ventanas de las oficinas que daban al exterior. Bajé una planta y entré empujando las hojas metálicas de la puerta de emergencia, accediendo al pasillo inferior, donde el humo ya me cubría prácticamente hasta la cabeza. Los ojos me comenzaron a escocer. Giré a la derecha hacia el cuarto más cercano, por el que abrir una ventana a la calle y poder respirar aire limpio, pero al final del corredor apareció de entre la neblina una de aquellas extrañas personas, que ahora llevaba puesta una máscara antigás. En seguida me vio y comenzó a correr hacia mí. Di marcha atrás; supuse que se comunicaban por radio, pues alguien subía corriendo en mi busca. El pecho comenzó a darme algunos espasmos; mi organismo quería respirar por todos los medios. Corrí hacia la planta número quince que era la que se encontraba por encima del laboratorio. Pude escuchar cómo la persona que me había encontrado en el pasillo entraba por la puerta de emergencia intentando darme alcance. Por lo menos llevaba dos o tres personas persiguiéndome y yo, que llevaba ya al menos un minuto manteniendo la respiración, sentía que en cualquier momento me iba a desmayar. Por suerte, siempre he odiado el tabaco y mis pulmones estaban en plena forma. Entré al corredor superior y avancé a toda prisa hacia el primer despacho. Llevaba tanto tiempo manteniendo la respiración que intentaba convencerme a mí misma de que lo mejor sería dejar de luchar y respirar aquel gas, pero no me di por vencida y seguí aguantando. Agarré el pomo de la puerta de la primera sala, pero la llave estaba echada y no había manera de abrirla. Sin perder un segundo probé con la puerta contigua y por suerte esta se abrió nada más poner la mano encima. En la habitación había muy poco humo, me acerqué a la ventana e

intenté abrirla, pero parecía que alguien la había sellado con alguna especie de adhesivo. Ya no podía aguantar más la respiración;
el corazón parecía que se me pararía en cualquier momento y la
cabeza me daba vueltas. Con mi último aliento empujé con fuerza
el ventanal y el marco de aluminio se despegó dejando entrar la
brisa limpia del exterior. Asomé la cara por la apertura y tomé aire fresco. Qué bueno es respirar pensé, hasta el aire contaminado
de la ciudad me parecía estupendo. Entonces escuché a mis perse-
guidores que se acercaban corriendo por el pasillo. La puerta se
desplazó quedando de par en par, y un hombre con bata blanca,
botas de militar y una mascara antigas entró en la habitación. Miró a uno y otro lado, pero no vio nada. Tuve el tiempo justo de salir por la ventana antes de que entrase, saltando al aparato de aire
acondicionado que se encontraba justo a la derecha. La máquina,
que estaba anclada a la fachada del edificio mediante unas varillas
metálicas que taladraban la pared, no estaban diseñadas para
aguantar el peso extra y chasqueaban continuamente, avisando de
que en cualquier momento se desprenderían haciéndome caer al
vacío. El aire soplaba con fuerza a esta altura y los coches que cir-
culaban por la calle, parecían pequeñas hormigas. Intentaba
mantener el equilibrio pegándome todo lo que podía al muro del
edificio. La persona que me buscaba en el interior se acercó a la
ventana y, al ver la altura a la que nos encontrábamos dio marcha
atrás y abandonó el despacho continuando la búsqueda por otro
lugar. Entonces me agarré con fuerza a la ventana y me sentí más
segura pues al menos tenía un punto de apoyo; todo este tiempo
había permanecido manteniendo el equilibro, intentado no caer al
suelo con los zarandeos del viento.

Una vez de nuevo en el interior esperé cerca de la ventana a que el gas por fin se disipase; después bajé sigilosamente por las escaleras. Por suerte todo el camino estuvo despejado y llegué finalmente a la calle. Era la primera vez que vivía un caso como éste y no sabía qué hacer. En las películas las cosas están mucho más claras, pero en la vida real ¿qué se puede hacer? Lo único que se me ocurrió fue llamar a Yunacoshi e explicarle lo acontecido. Me dijo que me fuese cuanto antes a casa, que ellos también habían tenido algunos problemas. Por lo visto, un grupo de paramilitares les sabotearon los equipos de inmersión. Éste era un asunto tremendamente delicado; si la información de la que disponía el profesor salía a la luz, algunas figuras importantes de la vida política sucumbirían. Por lo visto, un grupo de militantes conservadores dirigidos por el senador Walintong querían por todos los medios paralizar nuestra investigación. A algunas de estar personas, junto con algunos dirigentes de la iglesia, no les gustaba nada que nuestros hallazgos pudiesen cambiar el rumbo de la historia. Ya se tuvieron muchos problemas con la traducción e interpretación de los manuscritos del Mar Muerto. Ahora con nuestro trabajo, el antiguo testamento podía quedar en papel mojado. Puesto que toda nuestra civilización pudo ser sólo una rama que brotaba del antiguo tronco de los Atlantes. Aunque pueda parecer increíble hay mucha gente que se siente más cómoda pensando que la tierra es plana…

Una vez en casa pude ver con sorpresa cómo en todos los informativos habían tergiversado la realidad de lo sucedido en el laboratorio y hablaban de un accidental escape de gas.

16

Tras lo sucedido en el laboratorio y la caótica situación internacional que los seísmos habían provocado en la parte sur del continente, fue muy complicado poder organizarnos para la expedición. En aquel momento no pensé que los terremotos pudiesen re-
plicarse por todo el globo; hasta la fecha nadie había relacionado
la actividad de las placas tectónicas con el problema del cambio
climático. Como siempre, las pequeñas quedaron en casa de mi
madre, su abuela cuidaría bien de ellas. Estábamos apunto de descubrir algo muy gordo, aunque aún no nos hacíamos una idea de
la magnitud de tal hallazgo, estaba claro que el gobierno y una
rama del clero temían que nuestro trabajo saliese a la luz.

El aeropuerto estaba repleto de personas y una fuerte presencia
policial interrogaban, y registraban a cada uno de los pasajeros.
Me puse en una de las colas, pasaban ya quince minutos de las
siete y Mao no aparecía por ninguna parte. Uno a uno los pasajeros eran despojados de sus pertenecías, y sus maletas inspeccio-
nadas, muchos de ellos eran echados para atrás impidiéndoles el
acceso a la terminal. La situación era dramática; muchas personas
parecían haber enloquecido con las últimas noticias y habían decidido abandonar el país llevándose todos los bienes posibles, dinero en efectivo y joyas. Esto se consideraba un delito y el gobierno decidió aumentar la presencia de los cuerpos de seguridad
para evitar que la economía del país se fuese al traste. Fuera del
aeropuerto la situación no mejoraba; los ciudadanos, alarmados
por las noticias de la televisión, arrasaban los supermercados llevándose todos los productos para intentar tener provisiones sufi-

cientes en sus hogares en caso de emergencia. El desorden y el caos era tal que algunos individuos aprovechaban para sustraer todo lo que podían, y como un virus se extendió una oleada de vandalismo y pillaje.

- ¡Hei, Roice! Sal de ahí, vamos tenemos que darnos prisa o perderemos el vuelo —dijo el profesor Yunacoshi atrás de la cola entre la multitud que se agolpaba para intentar entrar. La mujer se encontraba prácticamente a un paso de entrar en el control.

Sin pensármelo dos veces salí de la fila y me acerqué a Mao.

- Pero, ¿qué haces aquí?, pensaba que ya estarías dentro en la zona internacional. ¿Cómo vamos a coger el avión ahora?
- Corre, sígueme, te lo explicaré por el camino, pero date prisa o perderemos el vuelo.

La doctora no entendía nada, pero enseguida su amigo la fue poniendo al día: la situación se había puesto muy fea y los policías tenían órdenes de arrestarlos. Por lo visto, un grupo de personas muy poderosas no querían que saliesen del país. Por suerte, el profesor tenía algunos buenos contactos en las altas esferas y les habían proporcionado un avión privado que estaba a punto de despegar. Corrían a toda prisa hacia él, pues hacía ya varios minutos que estaban retrasando el despegue por esperar a Roice. Si continuaban más tiempo en pista levantarían sospechas y su salida sería cancelada. Yunacoshi ayudaba arrastrando la maleta más voluminosa, que por suerte disponía de unas pequeñas ruedas. Atravesaron a toda prisa por la zona de los hangares, pasando por debajo de alguno de las enormes aeronaves que permanecían estacionadas. Al final, tras unos pórticos en el exterior se encontraba un Jet privado, con unos distintivos en el fuselaje del gobierno. Un hombre alto fuerte y bien parecido les ayudó a embarcar. De inmediato antes de que pudiesen sentarse en sus asientos el aparato se puso en movimiento. Durante el viaje el profesor puso al día a la doctora. Estaban en una situación de crisis internacional. Por el momento las catástrofes se habían cernido sobre el hemisferio sur, pero un geólogo alertó a la población por televisión, sin la autorización del estado. Por lo visto, su teoría indicaba que pronto las réplicas se extenderían por todo el mundo.

- Entonces tenemos que volver, no puedo dejar a mi familia sola.

- No, según mis estimaciones, aún disponemos de varios días antes de que las placas tectónicas colapsen bajo la tensión. No serviría de nada que nos quedásemos en casa con nuestras familias; en unos días el mundo tal y como lo conocemos dejará de existir, a no ser...

- ¿A no ser... qué?

- Pues resulta que tengo una teoría que ha ido ganando fuerza con el paso de los años y en especial con los últimos descubrimientos. Como recordarás hay unas leyendas que hablan de los antiguos y de cómo su dios estabilizó el planeta para que la vida pudiese crecer en él.

Sobrevolaron el océano verde de la infinita jungla, con sus redondeadas olas formadas por las copas de los árboles. Divisaron la pista de aterrizaje: una minúscula línea asfaltada en medio de la exuberante vegetación. El control de tierra se negaba a darles la autorización para el aterrizaje y el piloto tuvo que fingir que les quedaba poco combustible y por lo tanto no conseguirían llegar a un aeropuerto alternativo. Cuando el aparato tomó pista y rodaba hacia la zona de desembarque contemplaron el movimiento de los diversos cuerpos de seguridad. El Jet quedó rodeado por soldados que les apuntaban con sus rifles. De alguna forma se habían enterado de sus planes, el gobierno junto con el ejército de esa zona local era fácilmente sobornable y defendían los intereses del mejor postor. En cuanto la escalerilla tocó suelo, varios militares asaltaron el avión deteniendo al profesor y la doctora, junto con el resto de tripulación. Al piloto y copiloto se les dejó libres, informándoles únicamente de algunas faltas que habían cometido. A Yunacoshi lo llevaron a una pequeña sala donde lo estuvieron interrogando durante varias horas; mientras tanto Roice permanecía encerrada en un despacho que improvisaron como celda.

La luz era escasa, pero no perdí un instante y de inmediato me puse a buscar la forma de escapar. Tapada con un armario se encontraba una pequeña ventana, del tamaño suficiente, sin rejilla o barrote alguno que impidiese la huida. Escuché unos pasos aproximándose a la puerta y coloqué rápidamente el mueble tal y como estaba delante del tragaluz. La puerta se abrió y arrojaron al profesor al interior de un empujón. Sólo le pude ver fugazmente ya que me sacaron a la fuerza para llevarme a la sala de interrogatorios. Pude ver cómo llevaba la marca rojiza de cuatro dedos bien marcados en la cara. También le habían descamisado y quitado el cinturón. Mientras nos cruzamos solo tuvo tiempo de decirme que no dijese nada.

Entré en el cuarto donde se encontraba una persona sentada ante una antigua máquina de escribir, una lámpara iluminaba la mesa dejando el resto de la habitación en penumbra. Enfrente del mecanógrafo, una silla vieja y oxidada con asiento y respaldo de madera. Me obligaron a sentarme en ella, mirando fijamente hacia el escriba; me esposaron las manos a la espalda, sujetándolas al respaldo, y una persona avanzó saliendo de la oscuridad. Era un hombre de estatura más bien baja, bastante gordo, de pelo y ojos negros, con una barba descuidada que vestía con unos pantalones de paño azul marino y una camisa blanca con unos amplios círculos producidos por la transpiración de las axilas. Olía a sudor y alcohol a partes iguales y comenzó a hablarme muy cerca echándome su pestilente aliento a la cara.

- Vamos a hacer esto lo mejor posible, para que ambos podamos regresar a nuestras tareas cuanto antes, pues tengo mucho trabajo y no puedo desatender mis labores durante más tiempo. Se les acusa de espionaje. ¿Sabe que es una acusación muy grave y que en este país está penada en algunos casos con pena de muerte? A mí personalmente no me gustaría tener que llevarla ante un pelotón de fusilamiento, —dijo Juliano mientras le pasaba la palma de la mano por la cabeza acariciándole la preciosa melena rubia.

- ¡No puede hacer eso, está usted en un error!

- Creo que no me ha comprendido señorita; aquí no hay más ley que la que dicta el señor terrateniente. Haber si nos entendemos mejor. Yo no la estoy acusando de nada; como se habrá dado cuenta el señor notario aún no la ha tomado declaración. Es muy sencillo: usted me dice las coordenadas exactas a las que se dirigen y yo hago la vista gorda retirando los cargos, y en un abrir y cerrar de ojos usted y su amiguito estarán volando de vuelta a casa.

Estaban desesperados por conseguir información sobre nuestro destino, claramente la gente del gobierno se encontraba detrás de todo esto y estos pobres desgraciados únicamente buscaban una recompensa por conseguir la información. Aunque nunca me había encontrado en una situación similar, sorprendentemente, no me encontraba nerviosa ni atemorizada y decidí fingir un ataque de ansiedad. Me puse a llorar pidiendo que me dejasen libre, que les diría todo lo que quisiesen oír. Entonces me trajeron un café e intentaron comportarse de forma amable, aunque para aquellos individuos esto era casi imposible. Pensé que lo mejor era darles unas coordenadas falsas, tardarían varios días en darse cuenta de mi mentira, tiempo que deberíamos aprovechar para escapar si no queríamos ver a este atajo de orangutanes con un ataque de rabia. Me llevaron amablemente a la sala con Mao. Justo antes de entrar le solicité al guardia que me quitase los grilletes, pero dijo que le era imposible, que tenían órdenes y debíamos permanecer esposados.

- ¿Te han torturado?

- No, no te preocupes, estoy bien, he conseguido ganar algo de tiempo y tengo un plan para escapar de este lugar.

Roice tenía pensado escapar por la pequeña ventana, pero no contaba con que les dejasen esposados. Fuera todo quedó en calma; parecía que todos salieron en busca del lugar que les había dicho.

- ¿Cómo nos deshacemos de las esposas? —le pregunte a Mao.

Yo pensaba que debíamos utilizar algún objeto metálico como ganzúa introduciéndolo en la cerradura de los grilletes, pues de esta manera es como lo había visto en las películas.

- No, así no, espera, deja que te eche una mano —dijo el profesor.

Utilizó un alambre para mover el cerrojo que sujeta la parte dentada de las esposas. Introducir el alambre en la cerradura no sirve de nada, lo que hay que hacer es empujar el mecanismo que bloquee la parte dentada y de esta forma se abren sin dificultad.

Me quedé asombrada por la experiencia que poseía sobre estas cosas; si no lo conociese pensaría que vivía en el gueto y que su profesión era chorizo de poca monta. Una vez liberados, deslizamos el armario con cuidado de no hacer ruido, para no llamar la atención del vigilante que permanecía al otro lado de la puerta. Salimos por la pequeña ventana con bastante facilidad y nos encontramos en el exterior del edificio. Era una construcción de una planta, con paredes anchas en ladrillo de adobe, recubiertas con cal que le daban su característico color blanco, el tejado estaba fabricado en cañizo de color gris. Desde nuestra posición a la zona arbolada, donde la espesura del bosque nos camuflaría, solo había unos cuantos metros. Me disponía a salir corriendo en esa dirección cuando escuché a Mao decir algo. Paré un instante y me di media vuelta; encontré al profesor mirando por la ventana de la sala contigua.

- No hay ningún tipo de vigilancia y todo nuestro equipaje se encuentra en esta habitación.

Yo me quedé fuera mientras que él entraba y me pasaba las mochilas por la estrecha ventana. En ese momento una ráfaga de aire entró en el cuarto habilitado como calabozo del que habíamos escapado e hizo tambalear el armario. Puse una mueca, por la tensión, esperando que el mueble no se viniese a bajo, pero de inmediato se escuchó el estrepitoso golpe. Me encontré con Mao que había salido instantáneamente del cuarto; nos pusimos las mochilas al hombro y corrimos hacia la vegetación sin mirar hacia atrás.

Escuché voces que nos daban el alto, pero continuamos corriendo lo más rápido posible. Después se escucharon disparos y el silbido de las balas pasándonos sobre las cabezas. Estuve a punto de quedar paralizada del miedo, pero en lugar de eso corrí aún con más fuerza. Enseguida encontramos refugio tras la densa fronda. Llevábamos bastante ventaja ya que por suerte solo quedaron dos soldados en el aeródromo. Corrimos buscando las zonas más despejadas, por las que poder avanzar con mayor facilidad. Durante los primeros minutos tenía la sensación de que nos darían alcance en cualquier momento, pero una hora después estaba bastante claro que les habíamos despistado. Desde luego estos soldados no poseían un gran entrenamiento y tampoco les importábamos demasiado.

La vegetación se volvía a cada paso más densa y compacta, haciendo muy difícil el avance; los enormes árboles cubrían el cielo formando una bóveda verde que impedía ver el sol. Era muy difícil orientarse en aquel lugar y cuando llevábamos unas cuantas horas andando nos dimos cuenta de que estábamos perdidos. En un principio no parecía tener mucha importancia, ya que la prioridad principal era escapar, pero cuando el día dio paso a la noche el miedo comenzó a crecer en nuestro interior convirtiéndose en un monstruo descontrolado. Por fortuna Mao era una persona muy calmada e inspiraba mucha confianza. Gracias a él disponíamos de nuestras mochilas con comida y agua para un par de días. Montamos un pequeño campamento, en una zona menos frondosa del bosque. Limpiamos bien el suelo quitando las hojas secas, para evitar que algún insecto o serpiente venenosa pudiese encontrarse bajo nuestros pies y preparamos un pequeño fuego. Pasamos la noche durmiendo a ratos, pues no queríamos que el fuego se apagase y teníamos que alimentarlo de vez en cuando. La mañana trajo consigo una fina lluvia que en un principio recibimos como una bendición ya que aprovechamos para llenar nuestras cantimploras; pero cuando vimos que no se detenía en todo el día y andábamos sin parar calados hasta los huesos, maldecimos a cada momento la endemoniada tormenta. La desesperación iba en aumento cuando, algunas veces después de andar durante varias horas, nos dábamos cuenta de que estábamos dando vueltas en círculo al pasar por algún lugar donde habíamos dejado marcas. En esos momentos me llegaban la memoria montones de historias que había escuchado sobre excursionistas que se perdían en la jungla y no regresaban jamás. Mao no perdía la calma y continuaba caminando como si tal cosa, en alguna ocasión incluso bromeaba como si nos hallásemos de excursión. Para colmo, la segunda noche no hubo forma de encender la hoguera pues todo estaba empapado, la madera estaba tan mojada que no había manera de hacerla arder. Pasamos la noche prácticamente en vela. El profesor me contaba historias y anécdotas de cuando era niño y de esta forma me tranquilizaba. Para no pasar frío permanecimos sentados uno junto al otro acurrucándonos. Pero como dice el refrán no llueve eternamente y por fin al día siguiente amaneció despejado con un sol brillante que penetraba entre las hojas y que disfrutábamos durante algunos instantes deteniéndonos en los pequeños claros.

Me paré durante unos segundos con la cara hacia el sol y los ojos cerrados, notando cómo la energía del astro rey me revitalizaba, casi perdí la noción del tiempo, hasta que noté una sensación extraña: parecía que me estuviese mareando. No conseguía mantener la vista en el horizonte, todo se movía de un lado a otro sin parar de temblar.

- ¡Cuidado, aléjate de ese árbol! —escuché gritar a Mao.

Los árboles más viejos caían como grandes torres; eran enormes, de la altura de edificios y caían a nuestro alrededor formando un enorme estruendo y levantado una gran nube de tierra hojas y polvo que se mantenía suspendida en el aire dejándonos sin visibilidad.

Yunacoshi me agarró fuertemente por la muñeca y corrimos buscando un lugar seguro. Finalmente se hizo la calma, el silencio reinó mientras las partículas que revoloteaban en el aire se iban posando lentamente sobre el suelo. El suceso me hizo pensar en las niñas: estos seísmos se estaban produciendo por todo el mundo y una de las causas era el aumento de la temperatura en los océanos. Esta subida de apenas unos grados cambiaba el estado de los sedimentos acumulados durante milenios en los fondos abisales. Hace años que los gobiernos debían de haber tomado medidas, cambiando de actitud y sustituyendo los combustibles fósiles por energías renovables. Ahora quizás era demasiado tarde: ¿qué podíamos hacer para restaurar el equilibrio? Revertir cientos de años de contaminación y sobreexplotación de los recursos naturales, no era tarea fácil. Era muy probable que por fin la tan temida teoría del Apocalipsis, del fin de los tiempos se hiciese realidad. Pero el profesor no parecía tan afectado, estaba totalmente concentrado en seguir los pasos de su plan.

Cuando nos repusimos del tremendo susto y el aire por fin limpió dejándonos ver la magnitud del desastre, nos pusimos en marcha. Caminábamos por una zona de selva que recordaba a los antiguos documentales de guerra donde la jungla era bombardeada incesantemente hasta dejar el área desolada, como en la zona cero de una explosión nuclear. Sólo algunos pequeños árboles permanecían en pie; el resto se habían convertido en madera para el aserradero. Caminar se volvía una tarea muy complicada; apenas se encontraban franjas de tierra despejada y cuando veíamos alguna, normalmente encontrábamos enormes zanjas y socavones, hundimientos del terreno que el terremoto había producido y que se convertían en pozos negros descendiendo hasta donde alcanzaba la vista. Por si esto no fuese suficiente comencé a tiritar de vez en cuando. El clima era cálido, pero mi cuerpo estaba destemplado, la frente me ardía y tenía la nuca empapada en sudor frío. Mao me examino rápidamente y me dio una pastilla. Estaba claro que había cogido frío durante la noche. La humedad conjugada con el viento hizo mella en mi sistema inmunológico. No era el lugar más apropiado para caer enfermo. Pero así es como suelen suceder las cosas. La fiebre me fue subiendo hasta hacerme ver y decir cosas sin sentido. Llegó un momento en el que ya no podía mantenerme en pie y Yunacoshi tuvo que montar un campamento improvisado para cuidarme. El sol desapareció rápidamente y me quedé dormida, pero las pesadillas me atormentaban continuamente. No paraba de tiritar y de hablar en voz alta, diciendo cosas sin sentido. Soñaba una y otra vez con mis hijas, y las veía atrapadas bajo los escombros de la casa. Me despertaba brevemente y veía al profesor a mi lado atendiéndome. Me preparaba infusiones y caldos calientes, pero en cuanto los tomaba mi cuerpo los rechazaba vomitándolos. El tiempo parecía haberse detenido y la noche no llegaba a su fin y los fantasmas que llevaba conmigo me atacaban constantemente. Hacía mucho tiempo que no sentía esta sensación tan desagradable, como si el mundo fuese a desaparecer en cualquier momento. La verdad es que cuando nos hacemos mayores, el tiempo parece correr más deprisa y aguantamos mejor el dolor. Para mi es normal resfriarme al menos una vez al año, algunas veces casi lo coges con agrado; pasas un par de días descansando en casa, tras los cuales te sientes renovado. Pero de niño no sucedía lo mismo. Recuerdo que, con cuatro o cinco años, el sentimiento era muy distinto. No entendía por qué me encontraba tan mal; el tiempo parecía detenerse y notaba como si la oscuridad se fuese apoderando del mundo, como si el sol jamás volviese a salir.

Por la mañana sentí una especie de esperanza, un ligero alivio, los temores parecían ir disipándose a medida que el sol ascendía hasta alcanzar su cenit. Tuvimos que pasar el día en ese mismo lugar; por suerte, las temidas réplicas del terremoto no se produjeron, al menos yo no las percibí, aunque cabía la posibilidad que algunas de mis pesadillas fuesen causadas por los seísmos. Cuando la luz de la tarde fue atenuándose, sentí de nuevo un miedo incontrolable a la nueva noche. Por suerte, estaba a mi lado Mao que no descansaba un momento preocupándose por mi estado. El cansancio me hizo cerrar los ojos y cuando los abrí de nuevo, ya era de día. Me encontraba débil, pero con una sensación interior de sosegada calma; superar la enfermedad me infundió una mayor fortaleza y después de desayunar un café caliente, que amablemente el profesor me calentó en su pequeño puchero, comenzamos de nuevo el camino. Llevábamos perdidos varios días y las provisiones comenzaban a escasear; no nos quedaba una gota de agua y para comer tan sólo algunas chocolatinas. Yunacoshi no decía nada, pero en su rostro se comenzaba a ver una expresión triste, quizás el largo camino comenzaba ha mellar su integridad.

Tenía los labios cortados, resecos por el viento y por no tener nada para beber. La situación comenzaba a ser dramática y de improviso se sentó sobre una piedra.

- Creo que ha sido una estupidez, teníamos que haber pedido ayuda, no debíamos internarnos solos en la selva, sin apenas equipamiento —dijo muy afligido, cabizbajo con la mirada perdida.

Ahora era mi turno, tenía que sacar fuerzas de flaqueza y dar ánimos a Mao, aunque ni yo misma sabía como hacerlo.

- No puede darse por vencido, recuerde a todas esas personas para las que cada día es una lucha continua, para las que levantarse de la cama es un infierno y con fuerza y endereza consiguen afrontar su realidad e incluso nos hacen creer que es sencillo. Piense en su sobrino, él nunca se daría por vencido, él siempre seguiría adelante con una sonrisa aunque tropezase una y otra vez.

- Tienes razón soy patético, me compadezco de mi mismo. Pongámonos de nuevo en camino.

Yo creo que era la primera vez en mi vida que veía que un discurso de este tipo daba resultado. Probablemente se debiese a la situación y al lugar en el que nos encontrábamos.

Caminábamos apoyándonos el uno sobre el otro, como lo haría una pareja de borrachos de regreso a casa. Yo estaba aún muy débil y el profesor llevaba los pies llenos de heridas; caminar con la ropa húmeda, sin poder cambiarnos los calcetines, le había producido el llamado pie de trinchera. Una enfermedad muy dolorosa que se constató por primera vez durante la guerra mundial, cuando los soldados permanecían empapados, metidos en el barro que cubría las trincheras donde se refugiaban. La humedad provocaba una infección que prácticamente pudría la carne. Las heridas eran tan dolorosas que terminaban por impedir a los hombres ponerse en pie. Decidí que lo mejor era parar y solucionar el problema. Así que encontré un buen lugar, un pequeño claro donde la densa hierba formaba una alfombra. Busqué leña e hice un fuego; nos calentamos cerca de él y Yunacoshi se descalzó secándose los pies en la lumbre; por suerte las heridas no eran tan graves como había imaginado y una vez seco le apliqué un poco de yodo. De nuevo nos sentimos reconfortados y por un momento olvidamos nuestra misión y simplemente permanecimos allí sentados charlando como si nos encontrásemos en un campamento de verano. Cuando uno comienza a pensar en positivo parece que todo se alinea y las cosas comienzan a salir bien. Así que sin ninguna preocupación nos encontrábamos observando la bóveda celeste con sus brillantes estrellas formando constelaciones y pensamos en lo insignificantes que somos, una mota de polvo en la inmensidad del espacio interestelar, un pequeño planeta azul, donde por casualidad dos locos miraban hacia el exterior, contemplando el infinito. Entonces la luna hizo su aparición y vimos algo emitir luz, era como si una de las montañas que nos rodeaban estuviese cubierta por un material reflectante.

17

Durante todos estos años estudiando las historias que las antiguas civilizaciones contaban en cada fragmento de piedra tallada que encontraban, el profesor fue entrelazando cada una de ellas, hasta llegar a deducir cuáles eran auténticas partes de la historia y cuáles eran simplemente fábulas que se habían creado para, de alguna forma, transmitir algún tipo de valor moral o educativo.

Tanto en las viejas tablillas como en los antiguos jeroglíficos egipcios se hablaba de una civilización que dominaban los antiguos, los padres de la cultura, del arte y la ciencia. Ellos llegaron desde los confines de la tierra para enseñar a los hombres e iluminarlos con su sabiduría. Pero había algo más en estas leyendas; algunas de ellas hablaban de los portadores, un grupo de personas que cuidaban de algo muy importante. Se decía que, gracias a esta reliquia, el pueblo de los antiguos había dejado las cavernas y congregado en torno a la deidad, formando poblados y ciudades, donde hicieron aparición por primera vez las artes y la cultura. Arquitectos, alfareros, pintores, matemáticos, músicos y escritores se formaron bajo los pies de la reliquia.

Tan preciado objeto permanecía custodiado por los portadores, un clan de personas que consagraban su vida al trabajo de proteger el santuario.

¿Pero qué diferenciaba esta historial del resto? El profesor intuía que aquí había algo más que simples creencias o misticismo, constatando cada hecho relevante de la leyenda con pruebas físicas obtenidas del hielo de la Antártida o de viejos árboles fosilizados, e incluso de finas capas de sedimentos encontradas en al-

gunas montañas, consiguió cotejar los relatos. A la venerada deidad de los antiguos, se le atribuían poderes mágicos, en concreto
el poder de controlar el clima. Pudo relacionar los cambios en el
mismo con las pruebas obtenidas en todo el mundo, y además
también se hablaba de cómo y cuándo se habían construido la
mayoría de monumentos de la antigüedad, fechas que encajaban a
la perfección con las que estipulaban los científicos.

El profesor pensaba en la posibilidad de que la antigua reliquia,
en realidad fuese algún tipo de artefacto de origen extraterrestre,
enviado al planeta tierra antes de que la vida hiciese su aparición.
Una especie de sonda terraformadora, que produjese los cambios
necesarios para que nuestro mundo pudiese albergar vida. Para
que todo esto fuese posible, la tecnología del aparato tendría que
ser muy avanzada y necesitaría unas condiciones adecuadas o al
menos dentro de los parámetros previstos. Por lo que el cambio de
emplazamiento junto con los problemas medio ambientales que
los hombres estábamos produciendo en los últimos tiempos, podía
ser motivo suficiente para desestabilizar sus procesos.

El antiguo emplazamiento de Stonehenge era el lugar adecuado,
donde el artefacto debería de descansar. De alguna manera, desde
este punto, podría cargar energía para proseguir manteniendo estable el planeta, quizás necesitase recibir algún tipo de señal en-
viada desde las estrellas. Tal vez su programa se actualizaba de
alguna manera similar a la forma en que nuestros ordenadores lo
hacen conectándose por señales de radio a Internet. Pero algo tuvo
que suceder; todo se preparó para su llegada, pero la reliquia nunca regresó.

¿Qué pasó con los portadores? Este numeroso clan de guardianes jamás abandonaría el santuario. ¿Cómo puede ser que desapareciesen sin dejar rastro?

18

Estaba claro que no se trataba de una formación natural; su definida forma de pirámide, con la superficie pulida para conseguir reflectar la luz, era con seguridad obra humana. Era una de las teorías de las que siempre se habló, que las pirámides funcionaban en forma de faros, para que los viajeros pudiesen verlas desde la distancia.

Mao recogió rápidamente los bártulos y los metió en su mochila; después apagó el fuego y nos pusimos nuevamente en marcha. En todo momento caminábamos hacia la resplandeciente pirámide sin perderla un instante de vista. Por esta zona todo estaba en calma, se deducía claramente que aquí no llegaron los efectos del seísmo. El primer tramo se hizo muy tedioso, la vegetación era muy frondosa y nos complicaba el avance. Como no queríamos perder el punto de referencia, intentábamos caminar por las zonas donde predominaban los arbustos; estos, al ser más bajos, nos permitían ver con más facilidad el horizonte, aunque justamente era por donde crecían más zarzas y espinos. La maldita maleza parecía tener garras; se pegaba a los pantalones y no se soltaba; algunas púas afiladas conseguían atravesar el tejido produciéndome arañazos. Aun no siendo más que rasguños muy superficiales, escocían muchísimo, como si estas plantas tuviesen algún tipo de veneno. En algunos momentos me desesperaba, pasaba casi todo el tiempo intentado liberarme de las brozas y en cuanto daba otro paso volvía a quedarme atrapada. En más de una ocasión pensé en dar marcha atrás, pero no tenía ningún sentido; caminase hacia donde caminase, la situación no cambiaría. Me pasaban algunos pensamientos absurdos por la cabeza, como el de tirarme de cabeza a las zarzas o dejarme caer de espaldas, como si se tratase de un colchón de plumas. Supongo que en situaciones difíciles, cuando nos sentimos atrapados, el cerebro comienza a transmitir mensajes estúpidos que continuamente hay que descartar utilizando la lógica. Parece que hubiese dos personas discutiendo, tal vez cada hemisferio tenga una personalidad...

El profesor caminaba delante de mí, pero tampoco era demasiado hábil desenvolviéndose en este terreno. El hombre hacía lo que podía e intentaba abrir camino para que yo pudiese pasar con más facilidad, pero en algunas ocasiones ir tras él era incluso peor, ya que al pasar algunas ramas flexionadas se soltaban y regresaban hacia mí fustigándome.

- ¡Corre Roice, mira esto! ¡Es increíble! —escuché a Yunacoshi a voz en grito muy emocionado.

Terminé de cruzar la última línea de matorrales y ahí estaba el profesor agachado examinando el suelo. Era un camino empedrado, muy bien construido, con baldosas de piedra pulidas acopladas perfectamente entre sí sin dejar ningún hueco. Su forma era similar a las calzadas romanas, solo que no nos encontrábamos en Europa y los primeros romanos que llegaron a este continente seguramente lo hicieron viajando en clase turista. Por deducción concluimos que estábamos en el camino que dirigía a la antigua ciudad perdida; era algo totalmente increíble, como si un sueño se hiciese realidad. Para el profesor era mucho más, era la culminación de una búsqueda a la que había dedicado toda su vida. Ahora las antiguas leyendas comenzaban a cobrar vida y estos sueños fantasiosos se convertían en sólidos adoquines de piedra.

Llevábamos la boca seca, la lengua acartonada por la falta de agua y las tripas no paraban de emitir sonidos quejicosos. Pero enseguida nos dimos cuenta de que a ambos lados de la calzada se encontraban sendos árboles frutales cargados de exquisitos frutos. Algunos eran cítricos similares a las naranjas y posean mucho líquido, por lo que solucionamos el hambre y la sed al mismo tiempo. Después de caminar durante varios días atravesando la densa selva, sin encontrar un sendero o alguna zona por la que avanzar con normalidad; tras andar desorientados, perdidos con el temor creciente de morir de inhalación, ahora caminando por vía adoquinada nos sentíamos felices y comenzábamos a charlar de forma distendida haciendo incluso chistes sobre lo mal que lo habíamos pasado. Una figura humana apareció a los pies del camino; por la forma y su posición en seguida deducimos que se trataba de una estatua. Mao aumentó el paso y caminó tan rápido que las piernas no le daban abasto y finalmente se puso a correr hasta llegar a los pies del monumento. Era una antiquísima estatua, conservada perfectamente. La estuvimos examinando minuciosamente durante un buen rato. En su base una inscripción decía: *"Bienvenidos a la ciudad de los Tarazashi portadores de la reliquia".*

El lenguaje era el mismo que habían encontrado en las excavaciones arqueológicas, la antigua lengua perdida que solo los atlantes hablaban. Hasta el momento aún cabía la posibilidad de que se hubiesen topado con alguna construcción más moderna, de los incas o los mayas, pero ahora estaban seguros de que se trataba de la antigua ciudad, el lugar que los antiguos, nuestros ancestros escogieron para guardar la reliquia, hasta que el clima de la tierra se estabilizase y volver después a un emplazamiento adecuando en algún lugar del viejo continente. Indudablemente, fueron ellos los primeros pobladores de este continente y al igual que en el resto del mundo quienes trajeron la cultura: la música, la arquitectura, la escultura, la pintura, el lenguaje y la escritura.

Nos costaba continuar adelante dejando abandonada tan magnífica estatua digna de encontrarse en los mejores museos, pero la ilusión de hallar por fin la mítica ciudad nos animó y continuamos con paso liviano. El profesor, que era una persona bastante reservada y poco habladora, no paraba de comentar cosas sobre el hallazgo y sobre lo que nos encontraríamos más adelante; era como si se hubiese tomado cuatro tazas de té.

19

Vivía en una casa baja, a las afueras de la ciudad, a la que casi nunca solía llevar visitas. Utilizaba la mayor parte de la misma como laboratorio, donde realizaba diferentes experimentos biológicos. Unos enormes terrarios de cristal albergaban distintas poblaciones de ratones minúsculos. Eran unos roedores muy pequeños que disfrutaban de la comodidad de los espectaculares terrarios. El profesor realizaba un experimento desde hacía bastantes años. Se trataba de unas pruebas sencillas, pero que podrían revolucionar la forma de vida de la sociedad. Pensaba que al igual que cualquier maquina dependiendo del trato y de las condiciones esta puede durar solo unos días o muchos años. ¿Por qué nadie había aplicado esta filosofía a la especie humana? Posiblemente porque nos creemos diferentes de toda máquina o animal, pensamos que estamos por encima. El experimento intentaba encontrar la forma de alargar la vida de aquellos pequeños mamíferos, para luego buscar aplicaciones prácticas en las personas. Por ejemplo: ¿qué temperatura es la correcta? Está claro que el organismo tiene que trabajar más cuando la temperatura es muy alta o demasiado baja para conseguir mantener la normal. Si una persona al menos durante la noche podía encontrarse en una habitación donde la temperatura fuese la correcta, podría ralentizar su envejecimiento. Todos sabemos que la comida se conserva más tiempo en la nevera. Quizás una temperatura de entre diez y veinte grados fuese la correcta. Luego hay más cosas que son lógicas: alimentamos a nuestro perro con comida especial para él, que le puede alargar la vida dos o tres años y le hace estar más sano y joven; también alimentamos a nuestro gato e incluso a nuestros peces con comida especial. ¿Cuál es la comida más aconsejable para los seres humanos? ¿Es mejor la verdura o la carne, tal vez sólo debiéramos comer fruta o una mezcla exacta de cada cosa: fruta por la mañana, verdura al mediodía y proteínas por la noche? ¿Pero cuántas comidas al día debemos hacer? Hay personas que siguen una filosofía que asegura alargar la vida realizando una única comida. Al respirar el oxígeno genera unas partículas, los llamados radicales libres, que aceleran nuestro envejecimiento. ¿Cuál es la proporción correcta de oxígeno que debemos respirar? ¿Será mejor respirar mezclas de gases nobles como el helio que no emiten radicales libres? Pero hay muchas más cosas, por ejemplo: ¿cuántas horas debemos dormir al día y en cuántos turnos? Sabemos que realizar ejercicio habitualmente de forma moderada es saludable, pero: ¿cuánto tiempo al día, veinte minutos, cuarenta?

Yunacoshi estaba seguro de que siguiendo unas pautas podríamos alargar la vida en más del doble, por lo que las personas podrían llegar a vivir doscientos años. Pero no sólo importaba la cantidad, lo más importante era saber con que hábitos uno podía estar sano y joven el mayor tiempo posible.

Las civilizaciones antiguas, se tomaban muy en serio todo esto, ya que todos sus ciudadanos aspiraban a la vida eterna. Según las antiguas tradiciones egipcias su paso por la tierra no era más que el comienzo. Trabajaban toda su vida para lograr que su dios les concediese vida eterna, una próspera existencia tras su muerte. De esta forma podían caminar por el mundo, sin tener cansancio, sed o hambre. Era curioso, pero todas las antiguas civilizaciones hablaban de lo mismo, del dios que seleccionaba a las mejores personas concediéndoles inmortalidad. Estaba claro que para que la humanidad continuase avanzando había que hacer algo. Las distancias en el espacio son muy grandes y se tardan muchos años en poder viajar de una estrella a otra. Si queríamos salir de nuestro planeta y descubrir nuevos mundos íbamos a necesitar vivir más tiempo, mucho más tiempo del que podemos imaginar.

20

El profesor tenía una hermana, un par de años mayor que él. Se casó bastante joven, quizás demasiado joven, toda su ilusión era tener hijos y formar una gran familia. Yunacoshi no estaba demasiado de acuerdo con esta forma de ver la vida, pues el mundo es un lugar finito para personas que han viajado mucho, como él incluso minúsculo; si de cada pareja tiene más de dos niños, la población mundial crecerá desmesuradamente cosa que ya estaba sucediendo y que terminaría por afectar a todos cuando los recursos comenzasen a escasear. Recordaba un suceso que lo plasmaba con total fidelidad. Durante la segunda guerra mundial se estableció un puesto de vigilancia en una isla desierta que se encontraba muy al norte; como era difícil llevar víveres a aquel lugar y tenían que alimentar a los soldados de alguna forma, lo que se hizo fue introducir animales que pudiesen alimentarse de la vegetación y aguantar el clima extremo. Seleccionaron unas docenas de renos y el plan resultó: los animales se adaptaron perfectamente a las condiciones y pronto se pusieron a reproducirse. Los miembros de la misión se alimentaron de la pesca y de la carne de las reses. Cuando la contienda terminó los seres humanos abandonaron aquellas tierras dejando a unos cuantos animales sueltos. No sé el número exacto pero alrededor de una decena. Veinte años después alguien comunicó que había visitado la isla y estaba plagada de renos, unas enormes manadas corrían por las praderas. Entonces la comunidad científica se sintió interesada por el caso y una vez cada dos años hacían una visita para contabilizar la cantidad de animales. El número fue creciendo de forma exponencial hasta llegar a una cantidad asombrosa para el pequeño territorio del que disponían. Un año después de que se registrase el número más alto de reses un hombre visitó la isla y se quedó impresionado por lo que vio. Todo el suelo estaba lleno de huesos y cadáveres de animales, todos absolutamente todos los renos habían muerto. Todo parecía ir bien hasta que el número fue tan grande que colapsó el sistema, la vegetación tardaba más en crecer de lo que los animales tardaban en comérsela. Nadie pensó en esta posibilidad, la mayoría de científicos pensó que cuando los recursos comenzasen a escasear el censo se estabilizaría. Los científicos más pesimistas pensaron que muchos de ellos morían de hambre, pero que un gran número, si no la mayoría sobreviviría y se adatarían. Pero la realidad es que prácticamente de la noche a la mañana todos, absolutamente todos los renos murieron de hambre.

Bueno, como su hermana no era del mismo parecer, tuvo su primer hijo bien joven, al año siguiente de haberse casado y pensaba tener uno por año hasta poder formar un equipo de futbol. Por desgracia, el destino quiso que las cosas se complicasen y un virus con la misma sintomatología que un resfriado afectó seriamente al feto. Fue un parto muy complicado; el niño consiguió salir adelante y la mujer también se salvó, pero no pudo volver a tener más hijos. El bebé nació ciego-sordomudo, por lo que apenas podía comunicarse y su mente permanecía atrapada en su cuerpo, sin poder interactuar con su entorno. El profesor pensó que de alguna manera podría ayudar al muchacho, y cuando sólo contaba con cuatro años le regaló un aparato que el mismo diseñó y fabricó. Se trataba de un artilugio que él denominó visor-táctil y funcionaba de la siguiente manera. El display o visualizador central se pegaba a la frente y podía ir camuflado en el interior de una gorra de béisbol. Este aparato transmitía imágenes que captaba una pequeña cámara integrada en la misma gorra o en unas gafas y que un pequeño ordenador procesaba. La pantalla estada formada por miles de pequeños cabezales metálicos, del tamaño de la cabeza de un alfiler que sustituían a los pixel de una pantalla tradicional. Estos bastoncillos eran accionados eclécticamente, y se movían hacia fuera mediante unas minúsculas bobinas que los envolvían. De esta forma presionaban sobre la piel de la frente y por el tacto uno podía reconocer objetos y personas; la presión variaba según la distancia a la que se encontrase el objeto, así se podía caminar por la calle sin peligro de tropezar. El sistema era muy complejo, pero después de mucho tiempo de manejo uno lo podía utilizar prácticamente como si tuviese un visor convencional. Mostraba diferentes figuras diferenciando a las personas, a los perros o a los objetos inertes. Además, el sistema incorporaba un reloj de pulsera que se colocaba en la muñeca y que, mediante bluetooth "señales de radio", comunicaba con el pequeño ordenador y trasmitía en Morse mediante unos electrodos, que estimulaban los músculos y se sentían como pequeños golpecitos. El ordenador disponía de GPS y el aparato trasmitía mediante impulso a la muñeca dando la información del lugar en el que se encontraba "Calle 42 con calle de los cisnes"; también incorporaba un micrófono y programa que recogía las palabras más claras, por lo que si una persona hablaba cerca dirigiéndose al muchacho el sistema inmediatamente lo transmitía en Morse. Por último, la cámara era capaz de reconocer caracteres alfanuméricos, y cuando miraba de frente a un cartel el ordenador también se lo traducía a lenguaje de impulsos. Como tenía toda la vida para practicar con él, tras unos años podía moverse por la ciudad con soltura, como una persona normal, incluso podía coger el autobús, el tren o leer un libro. Cuando el profesor se dio cuenta de la necesidad del muchacho de comunicarse con el resto de personas, le añadió un sistema que traducía las señales de Morse que el muchacho hacía juntando su dedo índice y pulgar que eran recogidas por un sensor colocado como anillo y las vocalizaba mediante un pequeño altavoz, formando palabras y frases que le permitían comunicarse con cualquier persona.

21

El cielo se tornaba a una tonalidad violácea cada vez más clara; después el color azul comenzó a predominar; para entonces la luz era suficiente para ver a la distancia la formidable ciudad de los antiguos. No era una ciudad amurallada, por lo que se deducía que no tenían enemigos. Las construcciones que formaban el extrarradio eran pequeñas casas con muros de piedra; después continuaban otras de mayor tamaño que más tarde eran sucedidas por una especie de templos. Encontrar esta ciudad era el sueño de cualquier arqueólogo; en ella podríamos estudiar durante años como vivieron nuestros antepasados. Aunque el musgo, las enredaderas y algunos hierbajos crecían sobre las edificaciones, transmitían la sensación de haber estado pobladas hace muy poco tiempo, como si los atlantes hubiesen salido del pueblo el día anterior.

Paseábamos maravillados por la avenida central cuando de repente vimos la enorme pirámide irguiéndose a las alturas. Era una construcción colosal y confirmaba la teoría de que los egipcios habían aprendido a construir estos monumentos a través de la gente que llegó del mar. No sabíamos a donde dirigirnos, por lo que intuíamos que el santuario tendría que encontrarse en la pirámide, pero seguro que algunos de aquellos edificios ocultaban tesoros de valor incalculable, quizás la biblioteca más antigua que la humanidad haya conocido jamás. Hoy en día los científicos no se ponen de acuerdo en cómo aplicar la teoría de la evolución; está claro que evolucionamos, pero ¿cómo pasamos de ser simples simios a utilizar el lenguaje, la escritura?, porque una cosa es utilizar un trozo de madera, una rama como herramienta y otra muy diferente es ponerse a pintar en las cuevas, unas obras llenas de imaginación y sentimiento que hoy en día nos siguen maravillando. Esta claro que para sobrevivir debían utilizar herramientas, palos y piedras como de hecho lo hacen los monos, pero de ahí a realizar obras de artesanía como grabados, pinturas y esculturas, hay un abismo. Pintar las paredes de una cueva no va a conseguir que tengas más comida o menos frío en invierno; tampoco vas a ganar nada realizando esculturas en barro…

Por otro lado, si observamos al resto de animales, vemos justamente esto: es posible que algunos utilicen herramientas o usen su intelecto para conseguir más alimento, pero parece ser que a ninguno le interesa el arte.

Nos dirigimos directamente hacia la pirámide, aunque nos hubiese gustado disponer de más tiempo para explorar toda la metrópoli. Una larga escalinata ascendía a la parte superior. A los pies, grabado en la piedra del primer peldaño se podían leer unos símbolos que venían a decir: *"Quien ha llegado hasta aquí y al dios del cielo quiere ver, por aquí ha de subir"*.

Las palabras parecían confirmar que el artefacto que estábamos buscando se encontraba en la cima de la pirámide. Comenzamos la ascensión: la escalera era muy ancha, pero los peldaños eran altos y estrechos y la inclinación era bastante pronunciada. Subir por aquel lugar producía una fuerte sensación de vértigo. Yo me imaginaba rodando escaleras abajo continuamente y es que no era para menos, estábamos muy débiles y el mínimo traspiés podía hacernos perder el equilibrio. El profesor, en cambio, estaba tan ilusionado y contento que ni siquiera valoró el riesgo de la subida. Parecía un niño con zapatos nuevos. Desde que habíamos encontrado el camino su mirada brillaba cada vez con mayor intensidad.

Miré hacia abajo cuando ya estábamos apunto de llegar a la cima: una mala idea ya que las piernas me comenzaron a temblar al ver la caída. Un soplo de viento nos sacudió, haciéndome perder el equilibrio; el corazón me dio un vuelco y perdí por un instante la visión.

- Cuidado, no mires hacia abajo, ya sólo quedan unos pasos —dijo Mao agarrándome de un brazo, para ayudarme a subir.

Llegamos a la cima y quedamos maravillados por el magnífico trabajo que habían realizados los maestros canteros, tallando cada losa. En el centro, se veía un círculo formado por unos monolitos y en medio del mismo una especie de altar. Estaba claro que este era el lugar indicado, nos encontrábamos en el santuario de la ciudad perdida.

22

Le quedaba bastante por leer cuando los dos muchachos se sobresaltaron al escuchar unos pasos que se acercaba. No tuvieron
más tiempo que el necesario para esconderse tras uno de los monolitos. Dos figuras humanas comenzaron a asomar por la zona
escalonada. Eran dos personas de lo más extraño, vestían con
unas telas y ropajes muy inusuales y lo que era aún más raro, uno
de ellos, que parecía una mujer, tenía el pelo muy claro, parecido
a los ancianos, pero en lugar de ser blanco era del color del sol.
Los dos tenían la piel muy blanca, con la tez tan pálida los muchachos pensaron que debían de ser fantasmas. Quien sabe, quizás
algún conjuro mágico ó maldición protegía el santuario y los espíritus de los guardianes aún rondaban por aquí ahuyentando a los
merodeadores. Se dirigían hacia ellos acercándose cada vez más.
Hablaban en un leguaje desconocido e ininteligible. Kokori, aun
siendo el más fuerte y grandullón, era muy susceptible a todos estos temas paranormales. Permanecía encogido, aterrorizado ante
la aparición. A lo mejor sería buena idea salir del escondite y
hablar con ellos, pensó Nawi, total de un momento a otro les descubrirían. Ellos eran descendientes de los antiguos y justamente
del último grupo de los portadores, así que tenían derecho ha estar
en aquel lugar. Entonces se puso en pie; Kokori le miró unos in-
tentes; después agachó la cabeza moviéndola de izquierda a derecha en forma de negación. Otra vez más sentía que su amigo se
precipitaba y que de nuevo no haría más que meterse en más líos.
Las dos personas pararon en seco al ver aparecer de repente a
Nawi y comenzaron a dar voces. Eran unos sonidos extraños y el

chaval pensó que quizás no había sido tan buena idea intentar dialogar con fantasmas, estos seres podían estar viviendo en varias dimensiones a la vez y no ser más que un reflejo angustioso de los hombres que fueron. Intentó decir algo, pero no era capaz de articular palabra. Mientras tanto los seres que le miraban fijamente continuaban hablando en su jerga. Puede que se sintiesen atraídos por el cadáver de la pequeña Tami y se acercaron para llevársela al otro mundo. Entonces Kokori gritó desde su escondite:

- Marcharos, fuera de aquí, no os la llevaréis.

El hombre de ojos rasgados puso cara de sorpresa y comenzó a decir unas palabras en su lenguaje. Hablaba con un acento muy raro y construía las frases como un niño de cuatro años, pero los chicos consiguieron entenderle.

- ¿Cómo es que habláis el idioma de los antiguos?

- Soy Nawi el portador del pueblo de los Tarazashi, descendientes de los antiguos.

El profesor no se lo podía creer, estaba hablando con los descendientes directos de los atlantes. Roice, aunque dominaba más la forma escrita, también fue capaz de seguir la conversación. Era algo increíble, nunca antes un arqueólogo se había encontrado cara a cara con los miembros de una civilización extinguida. Llevaban toda la vida siguiéndoles la pista; la mayoría de sus colegas no creían en sus teorías y pensaban que jamás existió tal cultura. Pero ellos llevaban muchos años interpretando los jeroglíficos y atando cabos.

Los dos muchachos permanecían algo inquietos, sobretodo el fortachón que parecía esconder algo tras el poyete de piedras, justo bajo sus pies. Apenas llevaban ropa y su piel era rojiza y brillante pulida por el sol.

- ¿Hay más gente viviendo en la ciudad?, —fue lo primero que se me ocurrió preguntar, tal vez debiera haber preguntado primero sus nombres, para que se tranquilizasen un poco.

No era la pregunta más adecuada, pero es que tenía un millón de cosas que preguntarles. Mao también comenzó a formularles algunas preguntas. Poco a poco parecían ir cogiendo confianza aunque nuestro parloteo no dejaba de extrañarles.

- ¿Dónde habéis trasladado la sagrada, la santidad, el artefacto, la máquina…? —decía el profesor al ver que la reliquia no estaba en su lugar.

El muchacho dijo:

- Soy Nawi y él es mi amigo Kokori y hemos venido hasta aquí con mi hermana Tami para que pueda ser curada por la reliquia.

En ese momento pudimos ver lo que ocultaban, el cuerpo de la pequeña.

- ¡Oh Dios mío! La niña necesita atención médica urgentemente.

Me acerqué corriendo para poder examinarla.

- ¿Es usted la hechicera? —preguntó Kokori con voz temblorosa.

- ¡Aún está viva, pero sus funciones vitales son muy débiles; hay que trasladarla cuanto antes a un hospital! —dije al mismo tiempo que me daba cuenta de donde estábamos y de la imposibilidad de ello. Entonces caí en la cuenta de que irremediablemente la pequeña moriría.

Mao sacó el pequeño botiquín de emergencias, en el que no llevábamos gran cosa, pero al menos pudimos suministrarle un antiinflamatorio y algo de antibiótico. De momento ganaríamos algo de tiempo, aunque su destino ya estaba echado.

Mientras atendíamos a la pequeña, Nawi nos contó la historia de su viaje, la leyenda de su poblado, y entonces pudimos comprenderlo todo. Bueno casi todo, ya que aún no sabíamos por qué habían huido de la ciudad, hacía ya cientos o quizás miles de años y sobretodo no sabíamos qué había sucedido con la máquina. El muchacho nos dijo que leyésemos la escritura en espiral que rodeaba el centro del santuario. Estaba claro que alguien antes de partir había dejado una especie de mensaje apresurado. Hablaba de cómo se preparaban para la partida, para devolver la reliquia al lugar sagrado y de cómo una maldición se cernió sobre la ciudad al intentar desplazar la santidad. De todo esto, el profesor iba sacando sus propias conclusiones haciéndose una composición de lo sucedido. El artefacto estaba funcionando mal, al estar en un lugar donde no captaba las señales adecuadas y alejada de una fuente de energía, por lo que al trasladarla cualquier movimiento brusco pudo afectar a su funcionamiento impidiendo que hiciese su trabajo de estabilización y por lo tanto se tuvo que producir algunos temblores de tierra en la ciudad. Esto parece que fue lo que asustó a los últimos pobladores y seguramente salieron casi con lo puesto alejándose del lugar. Por lo que contaba Nawi, la intención era volver lo antes posible, cuando todo se hubiese calmado, pero por alguna razón o simplemente por casualidades del destino, los años fueron pasando y, finalmente, la persona encargada de dar la orden de regreso falleció. Aunque todos sabían de la existencia de la ciudad con el paso de los años todo se fue distorsionando, y de su civilización solo quedaron leyendas, cuentos para niños que sólo algunos ancianos, como el abuelo de Nawi, seguían manteniendo vivas trasmitiéndoselas a los más jóvenes.

Yunacoshi continuaba leyendo e interpretando los símbolos, y continuó más allá que los muchachos. Cuando llegó al punto del traslado de la sonda, una sombra de pesar nubló su rostro, ya que parecía evidente que la trasladaron a alguna parte, quizás llegaron a embarcar y la embarcación naufragó, quedando el artefacto en algún lugar del océano posado sobre el fondo marino. Entonces estaba claro que su viaje había sido en vano y sobretodo que el destino de la humanidad estaba a punto de tocar su fin. Pero en ese momento Roice se separó un instante de la pequeña y releyó de nuevo algunas frases.

- ¡Fíjate, has cometido un error de traducción! Aquí pone: que todas las embarcaciones partieron. La trasladaron al lugar de partida, por lo tanto no llegaron a embarcarla.

El profesor cambió totalmente su actitud y comenzó a pensar cuál podía ser el sitio de partida. Se encontraban a pocas millas de la costa y debían haber utilizado como puerto la zona más cercana al mar. ¿Pero cómo encontrarían el lugar exacto?

Nawi intentaba seguir la conversación y más o menos se enteraba de lo que estaba sucediendo; él, más que nadie, necesitaba encontrar la sagrada estatua para que su hermana se curase.

- La pirámide habla, las marcas dicen, no más de un día de camino hacia la puesta del sol en primavera.
- ¡Vamos, Mao, pongámonos en marcha, ya has oído al muchacho!

El profesor, que aún estaba pensando como deducir la dirección a tomar, se quedó algo sorprendido, pero enseguida cogió su mochila y se puso en camino. Cargaban con la pequeña por turnos, aunque Roice nunca se separaba de ella, siempre estaba intentando hacer lo posible para que Tami se encontrase lo mejor posible, pero por mucho que hiciese, la niña no respondía, continuaba en un profundo coma. Bajamos de la pirámide por los escabrosos peldaños, que ahora más que nunca daban un miedo terrorífico al poder contemplar la caída. Por suerte, llegamos a la base sin sufrir ningún percance y cogimos el camino en la dirección indicada. Caminábamos hacia el ocaso y la luz anaranjada bañaba la urbe en unos tonos cálidos que se quedaron grabados en mi mente como una postal. Fuimos dejando atrás la preciosa ciudad perdida, un lugar construido en piedra y desabitado hacía miles de años y, en cambio, transmitía una sensación dulce de calma y seguridad, como los viejos recuerdos de cuando era niña y me pasaba las tardes jugando en el huerto que mis abuelos tenían detrás de la casa. Al caminar dejando atrás aquel lugar y adentrarnos de nuevo en la inmensidad de la selva el corazón se me encogió, los enormes árboles formaban una especie de túneles al juntar sus ramas formando una bóveda sobre el camino. Este sendero no era tan espectacular como por el que habíamos llegado a la ciudad, y al ser más estrecho, raíces y zarzas lo invadían, llegando en algunos casos a bloquear el paso. La forma más rápida en la mayoría de las ocasiones era bordear los núcleos densos de vegetación, pero algunas veces nos obligaba a caminar fuera del sendero durante bastante tiempo, y esto siempre nos traía el temor de perdernos.

Esta vez no nos perderíamos, pues con seguir el camino llegaríamos a nuestro destino, al menos eso era lo que yo pensaba, hasta que llegamos al final. Nos encontrábamos en una zona llana donde la vegetación disminuía y justo enfrente se encontraban las grandes montañas. Ya estaba atardeciendo y era difícil continuar, ya que ahora debíamos guiarnos únicamente por la posición del sol. Preparamos el campamento para pasar la noche y pasamos gran parte de ella hablando con los muchachos. Yunacoshi no paraba de hacerles preguntas; su conversación se asemejaba más a un interrogatorio. La velada hubiese sido perfecta si no fuese por la preocupación que entonces despertaba el estado de la pequeña Tami. Kokori, aunque era más reservado, poseía un aire simpático, me atrevería a decir casi cómico. Llevaba el pelo largo recogido en varias trenzas que le llegaban a los hombros. Siempre parecía provocar alguna situación graciosa; si tropezaba exageraba el gesto para que todo el mundo se diese cuenta, o si se acercaba demasiado al fuego ponía muecas como si se estuviese quemando. En cambio Nawi era más serio, incluso se denotaba por su peinado; llevaba el pelo recogido en una cola de caballo, de forma funcional, dándole un aspecto sobrio. Se veía claramente que los dos jóvenes estaban muy preocupados por el estado de la niña y apenas pegaron ojo en toda la noche. Gracias a su perseverancia y valentía habían subido por la catarata cargando en la escalada con ella; también atravesaron las tierras baldías del altiplano, donde estuvieron a punto de abandonar, ya que pensaban que estaba muerta, pero la fuerza y el coraje les hizo continuar camino. Nosotros tampoco podíamos hacer nada por ella; perdió mucha sangre y tenía graves lesiones internas. Yo dudaba mucho de que consiguiese recuperarse, ni siquiera en el hipotético caso de que pudiésemos llevarla a un hospital.

Aún era de noche cuando Nawi nos aviso para que nos preparásemos y nos pusiésemos en camino; no quería perder ni un instante; deseaba con todas sus fuerzas llevar a su hermana ante la reliquia.

Durante toda la mañana caminamos atravesando la zona llana de escasa vegetación; sólo se veían pequeñas plantas y de vez en cuando algún arbusto. A nuestras espaldas se podía contemplar el mar verdoso que formaba el espeso bosque y en frente nuestra la enorme cordillera de montañas. Cuando llegamos a la falda de las mismas, pudimos cerciorarnos de que era prácticamente imposible sortearlas, no se divisaba ningún paso. La gran barrera natural nos separaba de la costa que no se encontraba a más de unos cuantos kilómetros.

¿Cómo consiguieron transportar el artefacto atravesando las montañas? ¿De qué forma íbamos a cruzar por aquel lugar? Quizás Nawi y Kokori consiguiesen escalar por las escarpadas paredes rocosas, pero desde luego el profesor y yo no estábamos lo suficientemente en forma como para conseguirlo.

- No puede ser, estoy seguro de que hemos cometido algún error de cálculo —dijo Yunacoshi.

Repetía la frase una y otra vez, escudriñando cada palabra: *No más de un día caminando hacia la puesta de sol en primavera.* Cada palabra enceraba un profundo significado y ninguna de ellas estaba escrita por casualidad. Habíamos seguido en la dirección en la que el sol se pone, caminando en dirección oeste, pero ahora nos encontrábamos en un callejón sin salida.

- ¡Ya lo tengo! La dirección en la que se pone el sol varía varios grados dependiendo de la estación del año, hemos pasado por alto la estación —comentó el profesor.

Se puso de inmediato ha realizar nuevos cálculos; apuntaba con su reloj de pulsera hacia el sol; ayudándose por las manecillas, estiró el brazo señalando hacia una de las montañas. Para comenzar se notaba una clara diferencia con las demás; esta era más alta y se encontraba un poco más alejada, en una especie de pequeño valle formado por las montañas de su alrededor. Antes de que pudiésemos decir una palabra, vimos a Nawi y Kokori ya en marcha dirigiéndose hacia aquel lugar. Eran unos chavales muy inteligentes y aunque no entendían nuestro idioma, en seguida deducían lo que queríamos decir. La noche anterior había sido un buen intercambio de idiomas, parloteamos utilizando frases de uno y otro lenguaje.

Entramos en el gran cañón cruzando el estrecho desfiladero que las montañas vecinas parecían custodiar, y en su interior nos pareció estar en un lugar totalmente diferente; aquí se extendía una pradera llena de flores, como si el clima en este lugar fuese totalmente diferente al del exterior. El terreno descendía progresivamente hacia los pies de la majestuosa montaña. Nuevamente pensábamos en la imposibilidad de subir por las empinadas paredes rocosas, pero estas dudas comenzaron a disiparse al ver una singularidad en la base, que parecía engullir parte del prado.

El colosal pórtico de forma arqueada tallado en la roca con una altura de unos treinta metros, daba acceso a la cueva. En cuanto nos adentramos, tras unos pasos la luz del sol fue decreciendo sumergiéndonos en una total oscuridad. Busqué en el compartimiento derecho de mi mochila; introduje la mano y noté la forma cilíndrica de mi pequeña linterna. Apunté hacia el frente y presioné el botón. El interior de la caverna se iluminó y luces chisporroteantes de colores titilaron al paso de la luz. Todas las paredes parecían recubiertas de una especie de pequeños cristalitos, que brillaban como diamantes. Posiblemente, se trataba de depósitos naturales de cuarzo, pero enseguida comprobamos que no estaban por mero azar, habían sido colocados con un propósito. Una vez iluminados permanecían emitiendo destellos lumínicos durante mucho tiempo; seguramente tuviesen alguna composición fosfolítica. Su propósito estaba claro: cualquier fuente intensa de luz iluminaría la cueva por completo; es posible que utilizasen algún objeto reflectante a modo de espejo haciendo que los rayos de luz entrasen en el interior excitando el material con el que habían cubierto las paredes. El interior se hacía más y más amplio a medida que progresábamos descendiendo. Un murmullo familiar se percibía en la distancia; se trataba de los típicos sonidos que el agua produce al correr entre las piedras. Las dimensiones de aquella cavidad eran increíbles, parecíamos encoger convirtiéndonos en diminutas hormigas ante tal inmensidad. Yo marchaba en cabeza y casi a mi lado caminaba Nawi con su hermana a las espaldas; luego le seguía su fiel amigo, y por último el profesor Yunacoshi que se iba entreteniendo observando con mayor detalle las paredes de la gruta. El muchacho me adelantó pasando bruscamente a mi lado y corrió hacia una especie de altar, tallado en la roca, en forma oval, con una estatua en el centro que claramente estaba compuesta por otro tipo de material; de un estilo muy diferente; no estaba tallada en roca y sus líneas no eran tan definidas. Era como una muñeca gorda, fabricada de forma tosca en arcilla, claramente no pertenecía al tipo de estatuas que los antiguos artesanos tallaban. Una escultura mucho más antigua del estilo de las figurillas que se habían encontrado en algunas simas donde habitaron hombres primitivos. El joven llegó hasta la base de la reliquia y puso a su hermana cuidadosamente a sus pies. Comenzó a entonar una canción, una especie de plegaria pidiendo que la niña se curase; Kokori se arrodilló a su lado y le acompañó uniendo su voz. En ese momento noté cierta humedad en el rostro que las finas lágrimas dejaban a su paso. Los muchachos tenían puesta toda su fe y esperanza en la vieja estatua, pero yo que no creía en milagros y sabía del mal estado de la pequeña; no podía evitar llorar ante aquella escena. Nawi puso su vida en peligro atravesando los lugares más hostiles y peligrosos con la única idea de conseguir que su hermanita se curase. Su buen amigo Kokori le siguió más allá de los límites de su pequeño mundo, dejando tan atrás la aldea que ahora solo era un pequeño recuerdo escondido en algún recóndito rincón de su corazón. Estuvieron cantando durante varios minutos y sucedió exactamente lo que yo había imaginado, nada. Después se quedaron en silencio, aunque Kokori era incapaz de dejar de sollozar. Yo, que he participado en innumerables excavaciones arqueológicas, desenterrando infinidad de estatuas, representaciones de antiguos dioses, sabía que por mucho que los hombres hubiesen puesto su fe en aquellas reliquias únicamente eran roca tallada, sólo piedra. Pero todos necesitamos creer en algo, en algo que nos haga superar la adversidad, un dios protector que nos infunda valor y nos proteja de los peligros. Las religiones habían realizado un magnifico trabajo. Ya que en aquellos comienzos no existían leyes, la religión hizo que los hombres temerosos de dios pudiesen vivir en comunidades creando las primeras sociedades.

El silencio formado por el agua en su bullicioso descenso nos envolvió, dejándonos desolados, afligidos, llevándose con la corriente nuestra esperanza. El eco del río subterráneo se fue distorsionando; después empezó a ganar fuerza una especie de zumbido, similar al ruido que producen las turbinas de un avión cuando aceleran. Mao no perdió un instante y sacó rápidamente de su mochila su pequeño ordenador portátil.

- ¡Está transmitiendo, puedo recibir millones de códigos, la máquina está transciendo! —dijo casi gritando llevado por la euforia, a la vez que no dejaba de mirar la infinidad de códigos alfanuméricos que pasaban rápidamente por la pequeña pantalla.

Noté una especie de calor, como el que produce la luz del sol; una especie de radiación parecía salir de la estatua golpeándonos y atravesando nuestro cuerpo. Entonces sucedió lo más increíble que jamás había visto: la pequeña comenzó a respirar con mayor frecuencia.

- De alguna manera el artefacto es capaz de comunicarse con los organismos microscópicos, como si trasmitiese órdenes a cada célula del cuerpo de Tami para que estas actúen de una forma determinada.

El profesor intentaba explicar lo que estaba sucediendo de una forma científica, pero nosotros estábamos fascinados por el milagroso suceso que se estaba dando ante nuestros ojos. Pero era más aún, no solo veíamos el acontecimiento: la energía irradiada por aquella antiquísima escultura penetraba en nuestro interior hablándonos directamente al corazón. Sí, era como una música que no se podía escuchar con los oídos, una canción que el cerebro no era capaz de asimilar, pero que cada partícula de nuestro cuerpo reconocía. Era la sensación de rejuvenecer, de volver a la infancia, de estar pleno de felicidad, un río de amor.

La pequeña comenzó a convulsionarse de forma violenta; después se detuvo durante unos segundos y no hizo ningún movimiento; sus ojos se abrieron de par en par, como si se levantase tras una larga siesta. El calor fue desapareciendo y el sonido decreció hasta el punto de volverse imperceptible. Todos corrimos a abrazar a la pequeña; incluso Yunacoshi estaba emocionado con lo sucedido. Habíamos asistido a un milagro, pero lejos de ser un hecho paranormal, se trataba de algo cuantificable. Era la evidencia palpable de una tecnología muy superior a la nuestra y tan antigua como la misma tierra. Esto daba mucho que pensar; ahora teníamos una respuesta más que a su vez planteaba infinidad de preguntas.

- Creo que estoy perdiendo la señal, la emisión es muy débil…

Y todo comenzó a moverse de un lado para otro. Del techo comenzaron a desprenderse algunas estalactitas que caían con mucha fuerza desde la enorme altura a la que se encontraba el techo. Mientras todos estábamos asustados intentando refugiarnos en alguna parte, el profesor continuaba con sus mediciones:

- Si esto confirma mi teoría, la sonda debe de estar a punto de agotar su energía y no es capaz de emitir una señal nítida para estabilizar el planeta. Está claro que esto es lo que ocurrió en el momento de su traslado y que tenemos que llevarla al lugar que le corresponde, para que pueda cumplir con su función.

Afortunadamente, todo volvió a la calma y pudimos respirar con cierta tranquilidad. Una vez que fuimos capaces de pensar con cierta normalidad, llegaron a mi mente algunas cuestiones de máxima relevancia:

¿Cómo vamos a trasportar esta enorme estatua? ¿A dónde tenemos que llevarla? ¿De cuánto tiempo disponemos? Le solté aquel alubión de preguntas al profesor y él las respondió con mucha sencillez.

- Los portadores han de saber cómo hacerlo; ellos tienen que ser quienes lleven la reliquia al lugar que le corresponde. Llevan miles de años esperando cumplir la misión que se les encomendó. La segunda respuesta es obvia: observando el santuario donde estuvo en la cima de la pirámide, está claro que Stonehenge es una replica exacta de ese lugar. La tercera es más difícil de contestar, pero más vale que nos demos prisa, porque no creo que dispongamos de mucho tiempo.

Nawi, que aún permanecía abrazando a su hermana, comenzó a relatar la historia de la construcción de unos enormes navíos. La leyenda tenía muchas similitudes con los pasajes bíblicos en los que se habla del arca de Noé. Pero aun siendo cierta esta historia, trascurridos varios milenios, no quedaría gran cosa de un buque de madera.

- ¡Tengo mucha sed! – dijo Tami en la lengua de los tarazashi.

- Espera un momento pequeña —le contesté, mientras buscaba la cantimplora en el interior de mi mochila.

Pesaba muy poco y la agité para comprobar su contenido; después la abrí y, al ponerla boca abajo, pude cerciorarme de que efectivamente no queda una gota.

- Un segundo buscaré la mía —y tras estas palabras el profesor hizo lo propio, pero al abrirla también pudo comprobar que no tenía agua.

La verdad es que no recordaba cuándo era la última vez que había bebido agua; hacía bastante tiempo que aprovechaban el zumo de los frutos para refrescarse.

   - Tiene que haber un manantial cerca, el ruido del agua se escucha aquí al lado. ¡Vuelvo en un instante! —alumbré con mi linterna hacia la profundidad de la cueva y sentí una especie de escalofrío ante lo desconocido.

Kokori se puso en pie y me acompañó; al menos escoltada por este grandullón me sentí más segura. No caminamos mucho para encontrar el manantial. De la pared derecha brotaba de entre las piedras tal cantidad de agua que casi se podía considerar un pequeño arroyo. Me incliné y llené mi mano poniéndola en forma de cazo; probé el líquido asegurándome de que era agua potable. Se trataba de un manantial de montaña que producía un agua mineral de inmejorable calidad. Llené mi cantimplora y después me dispuse a llenar la de Mao, mientras tanto Kokori permanecía de pie contemplando la inmensidad de la cueva gracias a los reflejos que la luz de mi linterna producía en las paredes. Cuando estaba llenando la segunda botella la linterna se me resbaló de la mano y fue a caer al manantial. Por suerte era una de esas linternas sumergibles y la pude sacar sin ninguna dificultad. Escuché la voz de Kokori exclamar algo en su lengua "Es enorme" creí entenderle. Al parecer, al coger la linterna, la enfoqué hacia mi espalda durante uno segundos sin darme cuenta, y el muchacho vio algo en la oscuridad. Me puse en pie a su lado y le pregunté qué había visto a la vez que intentaba iluminar hacia el lugar hacia el que miraba hipnotizado, pero no conseguía ver nada. El muchacho dijo de nuevo "Es enorme" y después continuó: "Ocupa toda la sala". En ese momento el corazón me dio un vuelco; mi cerebro no era capaz de asimilar lo que estaba mirando; estaba interpretando que se trataba de la pared de la cueva, pero de repente me di cuenta de que era un enorme barco de unas dimensiones colosales. Me quedé sin palabras durante uno segundo y pensé que lo mejor era volver para comentarlo con los demás. Antes de dar tan siquiera cuatro pasos, nos encontramos con el resto del grupo que escucharon nuestras palabras de asombro y acudieron para ver lo que sucedía.

- ¡Mirar!, —ordené señalando al frente con mi linterna.

Durante unos segundos no dijeron absolutamente nada, se quedaron totalmente anonadados; luego llegaron las palabras de exclamación, asombro y emoción. Se trataba del último gran navío, y se encontraba en perfectas condiciones colocado en una especie de astillero resguardado de los elementos en el interior de la cueva. Pero aún había más: estaba dispuesto de tal forma para que al soltar amarras, se deslizase por una plataforma, una especie de tobogán y fuese a una enorme laguna interior.

- Lo dejaron preparado para zarpar. Estamos muy cerca del mar y apuesto todo lo que tengo a que esta laguna desemboca en él —comentó el profesor al tiempo que se acercaba a la orilla de la laguna y probaba el agua, sumergiendo su dedo índice en ella y después llevándoselo a la boca.

- Efectivamente, lo que suponía, se trata de agua salada.

23

Elías era un niño solitario que solía pasar las tardes explorando la zona de campo que se extendía frente a su casa y que le alejaba de la ciudad. Se entretenía con las cosas más sencillas, caminar por la llanura casi desértica que más tarde, en primavera, se convertiría en un mar verde de espigas. El invierno era frío y oscuro, los días más cortos; la lluvia y el barro le impedía realizar excursiones; era más bien su madre quien se lo impedía pues llegaba lleno de barro hasta las orejas. En varias ocasiones se encontró con algunos grupos de niños y, por alguna razón desconocida, siempre se encontró con problemas. Estar solo equivalía a seguridad; no había animales o seres más peligrosos que el resto de los niños, a los que les encantaba abusar de los menores. En varias ocasiones le utilizaron como blanco para el lanzamiento de piedras y en otra ocasión le obligaron a meterse en un charco y ponerse a nadar. Elías no entendía el motivo de tanta maldad: ¿por qué siempre iban en grupos buscando alguien más débil para reírse de él? En cambio él, al encontrarse con un menor, algún niño de primero cuando el cursaba segundo le daba ánimos y le hablaba de lo rápido que pasaba el tiempo y lo pronto que pasaría de curso.

Una tarde jugaba como siempre hablando con sus amigos imaginarios en las afueras de la ciudad. Todos sus sentidos se pusieron en alerta al escuchar un ruido tras los matorrales. Buscó rápidamente algo con lo que defenderse, pero solo encontró una caña seca de cardencha. Con esta vara tan frágil no podría defenderse ni de un mosquito, pero con suerte su atacante no se percatase y pudiese intimidarlo al blandirla en lo alto. Se acercó con mucho miedo hacia la zona donde la maleza era más alta y algo comenzó a moverse, una bola de pelo negra salió a su encuentro. No le dio tiempo a reaccionar y no pudo ahuyentar con su falsa estaca al agresor. Del susto, el pequeño Elías perdió el equilibrio y quedó tirado en el suelo panza arriba; entonces notó a la cosa acercarse y presa del miedo cerró los ojos rezando para que no le atacase. De inmediato notó algo calido y húmedo en su cara y no le quedó más remedio que mirar de qué se trataba. Era un cachorro, un perro muy bonito de color negro, con una mancha blanca en el pecho. El animal no se separaba de él, y estuvieron toda la tarde jugando juntos; entonces el pequeño se dio cuenta de que el pobre animal estaría muerto de sed y de hambre y decidió llevarlo a casa. Aún era pronto y su madre se encontraría trabajando; normalmente, siempre esperaba en la calle hasta que llegase, pero sabía que había una llave bajo el felpudo de la entrada, por si alguna vez necesitaba entrar antes. Le preparó un bocadillo de mortadela, una taza de leche con galletas y un vaso de agua. Él nunca había tenido un perro y no sabía muy bien qué era lo que comían. Entonces escuchó pasos por las escaleras y corrió a esconder al cachorro.

- ¡Elías! ¿Estás en casa?
- Si, mamá, estoy en mi cuarto.

Todo esto le parecía muy extraño a la mujer, que en seguida fue a ver lo que estaba maquinando. Pero se encontró la puerta atrancada y, al intentar abrirla, escuchó al muchacho moverse apresuradamente por la habitación.

- ¡Ábreme! ¿Haber qué estás haciendo?

Entonces el niño abrió la puerta y todo parecía estar en orden; para ser sinceros, demasiado ordenado. Pero el plan salió mal y el cachorro salió de un salto desde detrás de los cojines que le cubrían.

- ¿Pero de donde has sacado ese perro? Sabes que no quiero animales en casa, bastantes preocupaciones tengo ya.

- Es un cachorro de lobo y está perdido, no podemos dejarlo en la calle, yo cuidaré de él, te lo prometo mamá.

- Pasará esta noche en casa, pero mañana por la mañana tendrá que irse.

Durante la noche pensó en lo solo que estaba siempre su hijo y quizás seria mejor que tuviese una mascota; a lo mejor de esa forma dejaba de hablar con sus amigos imaginarios y poco a poco se volviese más sociable.

Durante unos instantes cerró los ojos y pensó en un nombre y pudo visualizar una palabra.

Así fue como nació la historia de amistad más grande que jamás se haya conocido entre un ser humano y un perro.

- Te llamaré Tarzán.

La deforestación

La deforestación es un proceso antiguo que se ha incrementado en los últimos tres siglos, con un promedio de seis millones de hectáreas anuales. Principalmente se produjo en el hemisferio norte en los siglos XVIII y XIX, aunque en el siglo XX comenzó a realizarse en el hemisferio sur, especialmente en las selvas tropicales de la región del Amazonas.

Hace unos ocho mil años, los seres humanos empezaron a talar bosques en cantidades pequeñas pero significativas, aunque para ello solo dispusieran de hachas de sílex.

A medida que la agricultura se iba extendiendo el humano limpiaba el suelo de árboles y arbustos para permitir que la luz del sol llegara hasta el suelo. El desbroce se hacía por el método de lacerar y quemar. Al cabo de uno año o dos, durante la estación seca, se quemaban los residuos caídos y los árboles muertos y se sembraba en el suelo enriquecido con las cenizas.

En los seis mil años que van hasta el comienzo de la era histórica, hace dos mil años, el hombre fue mejorando sus herramientas para trabajar la tierra, y disponía de hachas y arados de la Edad del Bronce y luego de la Edad del Hierro, así como de bueyes y caballos domesticados que tiraran de los arados. Estos avances hicieron que la agricultura fuera ganando tierras al bosque que fue talado allí donde esta se desarrolló.

Hace dos mil años, en China, India, el sur y el oeste de Europa y el Magreb mediterráneo, así como en las tierras bajas de Centroamérica, la cuenca amazónica y las tierras altas de Perú se empleaban prácticas agrícolas sofisticadas (cultivos diversificados, plantaciones múltiples y cría de ganado). Todas esas regiones son naturalmente boscosas, y la agricultura a gran escala exigió talar esos árboles.

En el año 1089, Guillermo el Conquistador ordenó realizar el estudio Domesday, un estudio de sus nuevos dominios (Inglaterra). Este estudio demostró que se había deforestado el 85% de los campos, así como el 90% de la tierra cultivable (de altitud inferior a los mil metros). Siete siglos antes de la era industrial, Gran Bretaña estaba totalmente deforestada y muchos de los «bosques» que quedaban estaban protegidos en calidad de reservas de caza para la realeza y la nobleza.

El primer censo fiable de China data de la dinastía Han, hace cerca de dos mil años y por entonces el país tenía 57 millones de habitantes, con una densidad que triplicaba la de Inglaterra en el momento del estudio Domeday lo que implicaba que tanto China como India e Indonesia, zonas densamente pobladas, estaban deforestadas ya hace dos mil años.

Las islas del Caribe, como también partes de México y Centroamérica, contaban con una gran riqueza forestal, la cual estaba compuesta de maderas como caoba, palo santo y palo maría, entre otras. Con la llegada de los españoles a América comenzó la explotación de estos bosques para la construcción y la extracción de elementos químicos tintóreos, como también su utilización como combustibles. Ante un peligroso incremento del consumo, la monarquía española promulgó leyes para regular el aprovechamiento de los bosques y no comprometer al ambiente.

Ante el poderío británico en los mares, los reyes Felipe V, Fernando VI y Carlos III incentivaron la creación de astilleros en algunas ciudades americanas, como La Habana, Campeche, Guayaquil, El Realejo, Nicoya, Panamá, El Callao y Coatzacoalcos, con el objetivo de recuperar el poderío naval que se había perdido. Ante esta situación, se produjo una gran demanda de madera para la construcción de estos barcos.

En el presente, la deforestación ocurre, principalmente en América Latina, África Occidental y algunas regiones de Asia.

Una tercera parte del total de la tierra esta cubierta por bosques, lo que representa cerca de 4 000 millones de hectáreas. Hay 10 países que concentran dos tercios de este patrimonio forestal: Australia, Brasil, Canadá, China, la República Democrática del Congo, India, Indonesia, Perú, la Federación Rusa y los EE UU. Estos han sido explotados desde hace años para la obtención de madera, frutos, sustancias producidas por diferentes especies o para asentamientos de población humana.

En las selvas del Amazonas, por ejemplo, el gobierno brasileño ha alentado un crecimiento rápido en las últimas décadas. Se construyó una súper carretera en las regiones con mayor densidad de bosques, en el corazón del país, y promovió asentamientos humanos y urbanizaciones en ellas.

En los países más desarrollados se producen otras agresiones, como la lluvia ácida, que comprometen la supervivencia de los bosques, situación que se pretende controlar mediante la exigencia de requisitos de calidad para los combustibles, como la limitación del contenido de azufre.

En los países menos desarrollados las masas boscosas se reducen año tras año, mientras que en los países industrializados se están recuperando debido a las presiones sociales, reconvirtiéndose los bosques en atractivos turísticos y lugares de esparcimiento.

Mientras que la tala de árboles de la pluvi-selva tropical ha atraído más atención, los bosques secos tropicales se están perdiendo en una tasa sustancialmente mayor, sobre todo como resultado de las técnicas utilizadas de tala y quema para ser reemplazadas por cultivos. La pérdida de biodiversidad se correlaciona generalmente con la tala de árboles.

En África, entre los años 2000 y 2005 se perdieron unos 4 millones de ha de bosques al año, cerca de 1/3 del área deforestada en todo el mundo, siendo la causa principal la conversión a una agricultura permanente de las áreas deforestadas. Como medidas contra la deforestación en África se está adoptando un sistema de certificación, dada la preocupación mundial por obtener madera a partir de bosques gestionados de manera sostenible, aunque la aplicación de esta certificación sigue siendo escasa todavía. De los 306 millones de ha de bosques certificados del mundo (junio 2007), unos 3 millones (solo el 1%) corresponde a África y la mayoría son bosques plantados. Con unos 15 millones de ha de bosques plantados en todo el mundo (FAO, 2006), África solo representa el 5% del total.

También se han llevado a cabo otras medidas a nivel regional contra la deforestación y la desertificación como la Iniciativa de la Gran Muralla Verde del Sahara (UNU, 2007), con un enfoque integrado entre la agricultura, la ganadería y la actividad forestal.

Prácticamente todos los países de África han firmado la Convención de Naciones Unidas de Lucha contra la Desertificación y han elaborado planes nacionales, a menudo con apoyo externo.

América Latina y el Caribe

Selva quemada para la agricultura en el sur de México.

Esta región contiene el 22 % de la superficie forestal mundial. En ella se encuentra la mayor masa continua de bosque pluvial tropical del mundo: la cuenca del Amazonas.

En los últimos dos decenios, algunos países han concedido la propiedad legal de los bosques a las comunidades indígenas, por ejemplo, Bolivia, 12 millones de hectáreas; Brasil, 103 millones de hectáreas; Colombia, 27 millones de hectáreas; Ecuador, 4,5 millones de hectáreas y Guyana, 1,4 millones de hectáreas de tierra, incluidos los bosques. Si bien la propiedad confiere a las comunidades derechos firmes de uso sostenible de los recursos forestales, los conflictos sobre la propiedad, en ocasiones violentos, y la falta de aplicación de las normas y los reglamentos han permitido la ocupación y la explotación maderera ilegales en extensas áreas de estos bosques.

Entre 1990 y 2005, esta región perdió casi 64 millones de hectáreas, un 7 %, de su superficie forestal. Más de una tercera parte de la deforestación mundial entre 2000 y 2005 tuvo lugar en esta región.

Todos los países de América del Sur registraron una pérdida neta en la superficie forestal entre 2000 y 2005, excepto Chile y Uruguay, que presentaban tendencias positivas debido a programas de plantación industrial a gran escala. Los nuevos bosques plantados para usos industriales, en particular en Argentina, Uruguay y, posiblemente, Colombia, podrían contrarrestar la desaparición de bosques naturales, pero no en términos ecológicos.

En contrapartida, en la mayoría de los países de América Central, la pérdida neta de superficie forestal disminuyó entre 2000 y 2005 en comparación con la década anterior, y Costa Rica logró un incremento neto de la superficie forestal.

No obstante, en términos porcentuales, América Central presenta una de las mayores tasas de desaparición forestal del mundo en relación con el resto de las regiones, más del 1 % anual en el período entre 2000 y 2005.

En el Caribe se registró un reducido aumento de la superficie forestal entre 2000 y 2005, principalmente en Cuba. La liberalización del comercio, que ha hecho que exportaciones agrícolas tradicionales como el azúcar y los plátanos no sean competitivas, está ocasionando el abandono de las tierras agrícolas y su conversión en bosque secundario (Eckelmann, 2005). Además, se está dando mayor énfasis a la protección del medio natural para apoyar la creciente industria del turismo. Por ello, se espera que la superficie forestal permanezca estable o se incremente en la mayoría de los países caribeños.

Efectos de la deforestación sobre el clima

Investigaciones recientes han demostrado que la deforestación puede afectar mucho a la cantidad de lluvia caída en un lugar y a otros fenómenos climáticos, siempre que tales modificaciones sean de gran magnitud y abarquen una amplia zona.

El argumento aducido es que una ampliación de la cubierta vegetal podría aumentar la lluvia, y que una disminución de la misma podría reducirla.

En un modelo de circulación general atmosférica elaborado por el Laboratorio de Ciencias Atmosféricas Goddard se ha demostrado que los grandes cambios en la cubierta vegetal afectan a la lluvia. Empero, no es la vegetación el factor determinante, sino más bien la correlación entre la humedad del suelo, la vegetación y la energía (fundamentalmente solar) que se necesita para convertir el agua en vapor de agua que forma parte del aire. (Science, Vol. 215, N° 4539, 19 de marzo de 1982, p. 1500-1502).

24

Cada año el calor del verano era más intenso y el agua escaseaba. Pero esto sólo era uno más de los inconvenientes que el cambio climático estaba causando. No muy lejos del lugar de su nacimiento, se extendía una pequeña aldea, donde sus ciudadanos
originarios de estas tierras, luchaban por mantenerse en aquel lugar sin perder las tradiciones. Pero era cosa imposible, continuamente llegaban al poblado extranjeros, unas veces religiosos,
otras médicos y en algunos casos especuladores que querían des-
pojar a los indios de sus tierras para explotar sus riquezas. Lo
cierto es que no había una gran diferencia entre ellos; de una forma u otra, todos llegaban con la idea de imponer su cultura, su religión y su medicina, como si no tuviesen ya bastante con el
hechicero de la tribu.

Llegaron muchos doctores, tal vez una docena o incluso más.
Comenzaron a vacunar al todo el mundo, en principio todos los
indígenas se mostraron de acuerdo, pero unas semanas más tarde
algunos grupos se negaban a recibir el tratamiento, argumentando
que muchos de sus familiares estaban enfermando.

Éste fue el comienzo de la epidemia; los hombres enloquecían
enfermos por un virus similar al de la rabia. Solo un grupo de las
fuerzas especiales fue capaz de sobrevivir a los primeros días; su
misión era detener la pandemia. En la ciudad se encontraron con
una sorpresa: los animales de una tienda de mascotas seguían con
vida y decidieron entrar para liberarlos. En una jaula de conside-
rable tamaño se encontraba un perro de pelo negro brillante, que
les seguiría durante toda la misión mostrándoles siempre el cami-

no hacia el punto cero. Nadie había oído hablar de los Tarazashi y mucho menos de sus dioses y leyendas; desconocían que aquel animal era en realidad un enviado para indicarles la dirección correcta.

Quizás se debiese a alguna historia que había escuchado de pequeño, o tal vez era simple codicia. Fuere como fuese, el gran hombre, el director de la multinacional más prospera del país, estaba obsesionado con encontrar la legendaria ciudad del dorado. Muchos hombres se dejaron la vida en tal empresa. Ese mito centenario al que todo tipo de personas seducía, rondaba siempre en la cabeza del magnate multimillonario. ¿Para qué querría más oro y riquezas? Tal vez solo existan dos cosas infinitas: el universo y la avaricia humana, y de la primera no estoy seguro.

Era un hombre de estatura pequeña, con unas espaldas anchas, desproporcionadas para su talla. Su cuerpo se modeló trabajando desde niño en la cantera, cargando sacos de tierra, realizando la misma labor que un burro o una mula. Su piel morena curtida por los elementos contrastaba con sus ojos claros del mismo color de la madera que aserraba. Aunque era un hombre sencillo, no quería decir que fuese tonto. Él sabía muy bien el daño que estaba causando a la madre tierra. Con cada árbol que talaba se perdía una hoja del legado, de la historia de sus antepasados. Nació pobre con la única dote de sus manos y sus piernas. Desde pequeño comprendía muy bien lo que costaba ganarse el pan. En su época de mozo, era de los más apuestos de su pueblo y consiguió sacar a bailar a la muchacha más bella de toda la zona y para él del mundo entero. Rondó varios meses tras ella, hasta que finalmente la relación se consolidó. Pronto llegó su primer hijo: un hermoso varón, al que le siguieron dos preciosas niñas. Eulalio tuvo que salir de la comarca en busca de trabajo, pues no quería que sus hijos pasasen ninguna necesidad. Las empresas madereras y las mineras eran las únicas que contrataban mano aborigen. El trabajo era tan duro y el sueldo tan escaso que ningún colono aceptaba las condiciones. Gracias a un familiar consiguió trabajo como leñador en una gran compañía. Pasaban periodos de unos tres meses trabajando prácticamente sin descanso; lo de trabajar de sol a sol era un lujo de la generación de su abuelo; ahora los potentes focos permitían trabajar día y noche sin descanso. Los turnos eran de unas catorce horas, y Juliano, el capataz, estaba siempre expectante por si algún hombre aflojaba o se entretenía demasiado en alguna tarea. Estábamos en el siglo XXI; la esclavitud ya no existía; Juliano no blandía un látigo de piel de serpiente; en su lugar llevaba una libreta en la que anotaba cualquier fallo, que después era descontado del sueldo de los obreros. La acumulación de varios de ellos en un corto periodo de tiempo te podía hacer perder el empleo. Las enormes motosierras cortaban los troncos milenarios como si fuesen de mantequilla. Los taladores marchábamos en cabeza, enfrentándonos directamente con la selva; los buldózer, con sus focos, nos iluminaban al tiempo que avanzaban dejando el camino limpio para que los camiones pudiesen entrar a llevarse la madera. Era una zona muy húmeda, la fina lluvia nos caía durante días, calándonos hasta los huesos. Los insectos nos devoraban y había que tener mucho cuidado con las serpientes, tarántulas, escorpiones y escolopendras gigantes.

La mayoría de hombres suelen cometer el error de pensar que cuanto peor lo pase una persona, mayor será su bondad, más fuerte se volverá su cuerpo, su mente y su espíritu y sabrá dar a sus hijos lo que él no tuvo. Pero la realidad es bien distinta; la voluntad de las personas, su espíritu se rompe con facilidad; si cargas con demasiado peso a una persona no se volverá más fuerte, la carga le irá torciendo hasta partirlo. El padre de Eulalio era alcohólico, como la mayoría de los hombres de la aldea. Eran ocho hermanos y todos se escondían cuando su padre llegaba a casa. A menudo, la madre, que salía en su defensa se llevaba la peor parte. Las almas de aquellos seres humanos se habían quebrantado por el peso, por la presión, por la carga. Ya no había solución para esas personas; daba igual que la suerte de vez en cuando les sonriera. De hecho, si alguna vez conseguían algo de dinero lo inver-

tían en más alcohol lo que les generaba más problemas y aceleraba su autodestrucción. La mayoría de compañeros que trabajaban
en la selva invertían prácticamente la integridad de sus salarios en
la cantina. Era lo más fácil, pues no se podía luchar contra aquel
monstruo. La vida era tan dura que lo mejor era estar lo más borracho posible y reventar cuanto antes. Pero Eulalio no se rendía,
seguía a pies juntillas su plan, sacar a su familia de la miseria costase lo que costase. No era el primero que lo intentaba; la mayoría
de jóvenes tenían grandes planes, pero la carga aumentaba hasta
machacarlos. Desde niños nos enseñan a trabajar, nos hacen creer
que cuanto más tengamos más felices seremos. ¿Pero alguien sabe
lo que se necesita para ser feliz?

Eulalio pasaba el domingo, el único día de descanso en los ba-
rracones, a menudo haciendo dibujos en su cuaderno de los animales que veía en el bosque. Le gustaba enviar estas láminas a sus
hijos, a menudo acompañadas de algunas palabras que algún
compañero le escribía, pues él no había ido a la escuela. Cada tres
meses volvía a su querido pueblo, una pequeña aldea entre los
montes. Pasaba cinco días en casa, ya que dos los empleaba en el
viaje, uno para la ida y el otro para la vuelta. Era un largo camino
apiñado en la camioneta que a menudo paraba por averías o por
problemas con el estado de las pistas de tierra por las que circula-
ban. Todo aquello merecía la pena cuando por fin se reunía con su
mujer y contemplaba asombrado lo rápido que crecían sus hijos.
Él siempre daba gracias y pese a no conocer más que ese infierno,
se sentía afortunado de tener una mujer tan guapa y unos hijos tan
sanos y fuertes. Los cinco días pasaban rápido y cuando partía
nunca sabía cuándo volvería, ya que algunas veces tenía que in-
vertir el dinero del viaje en hacer algunos pagos para mantener la

casa y eso podía dejarle seis meses sin regresar. Pero cuando estaban todos juntos intentaban pasarlo lo mejor posible. Se vestían con ropa nueva y salían a pasear por el pueblo. Iban a visitar a la familia, y aunque era un hombre humilde le gustaba presumir de la prosperidad de los suyos. Para muchos era un ejemplo a seguir y la envidia del poblado, aunque para otros sólo era un payaso y estaban esperando en la taberna verlo caer. Esas personas solo se alegraban de las desgracias ajenas. Ellos habían fracasado en la vida y no querían ninguna salvación, solo buscaban desaparecer cuanto antes, pero si alguien les superaba en la caída simplemente se reían. No era nada fácil para Eulalio tener que caminar haciendo su propio camino, a la vez que los demás le intentaban desviar. Tenía que hacer oídos sordos y no dejar ni un segundo de mirar hacia el frente, pues incluso sus hermanos querían verlo caer.

La despedida en la parada de la camioneta siempre era triste y el camino de regreso al trabajo lo pasaba durmiendo. Al ser uno de los que vivía más alejado, tenía la fortuna de montar cuando el autobús aún estaba casi vacío. Los saltos que daba el vehículo debido al mal estado de los caminos le despertaban constantemente, pero al menos al principio se sentía confortado porque le quedaban aún muchas horas por delante antes de volver al tajo. El autocar partía muy temprano, de madrugada, antes de que el sol asomase por el horizonte.

El día amaneció gris y pronto comenzó a llover profusamente. El viaje trascurría con los típicos incidentes de poca importancia. En algunas subidas el motor se recalentaba y el conductor tenía que parar unos instantes para bajar a echarle agua y esperar a que se refrigerase. Cuando ya quedaban unas pocas millas para llegar al destino, algo zarandeó al autobús moviéndolo de un lado para otro. El conductor perdió el control y se salieron de la pista, por un terraplén. La camioneta comenzó a dar vueltas sobre sí, como un tonel rodando cuesta abajo. Los pasajeros se golpeaban en su interior y las personas y los equipajes volaban de un lado a otro. Los cristales estallaron y sus fragmentos, tierra y piedras les llovían por todas partes. Los escasos segundos que tardaron en detenerse parecieron horas. La gente gritaba y chillaba aterrada. Más tarde, cuando por fin dejaron de dar vueltas, se escucharon lamentos de dolor y súplicas de ayuda. Eulalio era uno de los afortunados que no sufrió ningún daño y enseguida formaron un equipo de rescate que comenzó a sacar a los heridos al exterior. Algunos estaban francamente graves, atrapados entre los amasijos de hierros, con las piernas rotas y desangrándose. Se encontraban en plena selva; en aquel lugar no se encontraban hospitales, ni médicos, ni siquiera ayuda de los cuerpos de seguridad del estado. Tuvieron que solucionar el problema ellos mismos. Eulalio sabía de un poblado cercano, donde algunos indígenas aún vivían como antiguamente, intentando permanecer alejados de la influencia del hombre blanco. Cargaron con los heridos más graves y los llevaron al poblado; los niños dieron la voz de alarma y enseguida salió toda la tribu a recibirlos. Rápidamente cogieron a los enfermos y los llevaron junto al curandero. Después salieron a por el resto de heridos. Pasaron en aquel lugar varios días, hasta que un trasporte de la empresa localizó el autocar siniestrado y pudo dar con ellos.

En aquellos días Eulalio se reencontró de nuevo con viejas tradiciones olvidadas, y desde ese momento algo comenzó a crecer en su interior. Por las noches los ancianos contaban historias y los niños se agrupaban formando un corro para escucharlas. Una de ellas hablaba del díos de los Tarazashi, el creador, el que provee. La tierra fue creada para que hombres y animales viviesen en ella. La tierra era su madre y les cuidaría, suministrándoles protección y alimentos. Pero la codicia de algunos hombres estaba rompiendo el sistema. El accidente había sido provocado por un enorme temblor de tierra, un terremoto. La madre tierra no se revelaba, no se tomaba la revancha, sólo intentaba sobrevivir, pero las heridas que los hombres le estaban causando eran cada vez más graves y ni siquiera el creador era capaz de solucionar estos problemas.

Cuando por fin se incorporó al trabajo, lo primero que tuvo que hacer es aguantar la reprimenda del Juliano el patrón. Era un hombre muy severo que llevaba toda su vida trabajando para la multinacional. La maderera le colocó como encargado ya que era un hombre muy eficiente y siempre cumplía los plazos y las cuotas que se le asignaban. Para conseguir los objetivos de la empresa no dudaba en explotar a sus trabajadores, exprimiéndoles hasta la última gota. Después del incidente todo volvió a la normalidad, pero unas semanas más tarde recibió una carta de su mujer. Hablaba de su hijo mayor, que como fue el primogénito heredó su mismo nombre. El pequeño se encontraba muy enfermo y necesitaba atención médica urgentemente. El padre pidió permiso al patrón para acercarse a la población más cercana y poder realizar una llamada telefónica. Como siempre, Juliano, impasible, se lo negó. Eulalio tuvo que esperar a terminar su turno y salir en su tiempo de descanso, corrió camino abajo hasta llegar a la pequeña aldea, unas cuantas chabolas de chapa y un bar, donde la mayoría de los trabajadores se dejaban el sueldo bebiendo y jugando a las cartas. En el local disponían de un teléfono de pago y desde él llamó a la tienda de comestibles cerca de su casa, desde donde avisaron a su mujer y pudo hablar con ella. El niño estaba muy enfermo, algún tipo de infección parecía haberse extendido rápidamente por todo su cuerpo. Eulalio mandó a su mujer utilizar el dinero que tenían ahorrado y que no escatimase en gastos, con tal de curar al niño. La madre salió en un coche hacia la ciudad, donde ingresaron al niño en el hospital. Todos los días Eulalio bajaba y hablaba unos segundos, el tiempo preciso para informarse del estado del muchacho, administrándose el poco dinero del que disponía. Pero las noticias no eran nada halagüeñas; los médicos intentaban uno y otro tratamiento sin suerte y el dinero cada vez era más escaso, pronto no podrían pagar los gastos del hospital. El hombre llevaba ahorrando toda su vida, con el plan de conseguir que sus hijos fuesen a la escuela y no tuviesen que trabajar de niños como él. También quería una vida mejor para su querida esposa, pero todo eso ahora ya no importaba, lo primero era que el pequeño se recuperase y luego ya pensarían en cómo afrontar la pobreza. La impotencia de Eulalio era tal que comenzaba alterar su conducta, no podía dormir por las noches y por el día actuaba como un robot, parecía vagar sin alma. Estaba cortando un árbol milenario cuando la cadena de su motosierra se partió sin darle tiempo a reaccionar. Los eslabones que portaban unas afiladas cuchillas se movían por el aire como un látigo y le alcanzaron en un brazo, el corte fue profundo y la sangre comenzó a manar abundantemente. Se tuvo que vendar el brazo con la tela de su camisa.

- ¡Eulalio, pero mira que eres idiota! Más te vale seguir en el tajo o quedas despedido, además te voy a descontar el coste de la reparación de la motosierra.

Juliano, el patrón, no paraba de gritarle y de faltarle al respeto una y otra vez. Aunque Eulalio era un hombre tranquilo, en cualquier otra circunstancia hubiese hecho que el encargado se tragase sus palabras, pero ahora necesitaba este trabajo más que nunca, tenía que conseguir enviar más dinero a su mujer para lograr salvar al pequeño. La humedad de la selva hizo que la herida se le infectase, cualquier otra persona hubiese muerto, pero su fuerte constitución le hizo sobrevivir. El brazo se le quedó prácticamente muerto y tenía que buscarse las mañas para seguir trabajando al mismo ritmo que antes. Pasó muchos días con fiebres, pero aunque no sabía ni dónde se encontraba tuvo que seguir en su puesto. No disponían de seguro médico ni de accidentes. Los obreros trabajaban hasta que morían o eran despedidos por viejos y por no poder cumplir con las cuotas.

- ¡A prisa Eulalio, rápido, rápido, tráeme mi rifle!

El jefe vio un hermoso ciervo que parecía andar perdido caminando por la selva. Acostumbraba a tener un arma preparada por si veía algún animal que le gustase. El comedor de su casa parecía un museo de ciencias naturales, tenía animales disecados por todas partes, trofeos de sus cacerías. Muchas de aquellas presas se las había cobrado durante las horas de trabajo. Como iban abriéndose paso en la espesura de la jungla, muchos de los animales se encontraban acorralados, y con las luces y el ruido de las maquinas quedaban aterrorizados sin saber hacia dónde huir.

- Voy corriendo Señor, ahora mismo le traigo su escopeta —contestó el pobre hombre en voz baja mientras corría a toda prisa a la caseta de chapa donde el encargado la guardaba bajo llave. Le costó un poco abrir la taquilla, ya que solo tenía una mano sana. Corrió intentando no hacer demasiado ruido y cuando llegó a su lado se la ofreció. El precioso ciervo permanecía justo enfrente a unos ciento cincuenta metros. El pulso del patrón temblaba continuamente y no era capaz de mantener la presa en el punto de mira. Cuando llevaba algunas horas sin beber le comenzaban a entrar sudores y el pulso le temblaba; era el síndrome de abstinencia que le atacaba rápidamente.

- ¡Me cago en todo, Eulalio, pero no me seas maricón, ponte delante para que pueda apoyar el cañón en tu hombro.

El hombre se colocó delante agachándose para que pudiese colocar el arma sobre su espalda. Pero el pulso le temblaba tanto que le era imposible apuntar. Finalmente sonó un disparo que le dejó sordo del oído derecho.

- Pero mira que eres cagón Eulalio. No dejas de moverte y por tu culpa he fallado el tiro. Puñetero bicho, fíjate como se va corriendo el cabrón.

27

Se escucharon dos pitidos consecutivos que provenían de mi mochila; la bajé al suelo y de un pequeño bolsillo lateral saqué mi teléfono móvil.

- Mira, por fin tengo cobertura.

- Pásamelo, intentaré ponerme en contacto con el comandante del avión.

La conversación fue breve, pero por los gestos y la expresión de Mao todo parecía ir bien.

- Qué suerte hemos tenido; por lo visto despegaron del aeródromo donde nos apresaron y consiguieron llegar a uno alternativo a unos pocos kilómetros al este. Si bajamos el valle deberíamos encontrarnos con la carretera que lleva al pueblo, y a las afueras se encuentra el aeródromo donde nos están esperando.

- Tenemos que darnos prisa, la corteza terrestre se vuelve cada vez más inestable; solo espero que mi madre y las niñas se encuentren bien.

Teníamos que regresar con las niñas y embarcar con los Tarazashi, colocar el artefacto alienígena en el lugar que le correspondía; era la única oportunidad que teníamos para devolver la estabilidad al planeta.

Una vez atravesada la ciudad perdida, esta vez con mucha más prisa, nos separamos; los muchachos nos dibujaron un pequeño plano para que pudiésemos llegar hasta la aldea, donde nos reuniríamos. Ellos les correspondería poner en marcha a todo el poblado para que estuviesen preparados para la partida a nuestra llegada; nosotros volveríamos en avión a buscar a mi madre y a mis hijas. Después salimos todos juntos desde la aldea y partiríamos con la sonda hacia el viejo continente, donde tendríamos que colocarla en su emplazamiento.

Esta vez pudimos orientarnos bien y el camino se hizo cuesta abajo; cuando nos dimos cuenta nos encontrábamos bajando hacia la población que nos había indicado el piloto. Aunque estábamos exhaustos y, más que sucios, mugrientos, decidimos bordear el pueblo sin probar su hospitalidad; era lo más sensato ya que los soldados de Juliano podían andar por cualquier sitio.

Nos acercamos hasta el avión sigilosamente y entramos, pero en su interior no había nadie; entonces pudimos ver por la ventana al piloto en una cantina a pocos metros, donde se agrupaban a su entorno un grupo de personas. Por lo visto el comandante era aficionado al póker y jugaba bastante bien; parecía que llevaba jugando de seguido desde el día anterior y que ya había conseguido desplumar a la mayoría de empleados del aeródromo.

- ¡Maldición! —exclamó al escuchar el tono de su móvil.

Se disponía a recoger sus ganancias y abandonar el local, pero al dueño del aeródromo no le pareció justo. Llevaba perdido un dineral y había tenido que pedir prestado a todos sus conocidos con tal de seguir en la partida, con la idea de recuperar su dinero. Cuando el comandante se levantó y se dispuso a recoger sus ganancias, en su mayoría joyas y abalorios, de los que los perdedores se habían desprendido con mucho dolor, el jefe dio una patada a la mesa desparramándolo todo por el suelo. El copiloto se dispuso para la pelea, eran dos contra doce.

- Pierre, haz tu trabajo yo los distraigo —le ordenó el piloto.

Entonces comenzó su representación, una actuación de lo más absurda:

- Damas y caballeros atentos a la función —comenzó a soltar una retahíla de palabras que apenas comprendían y se puso ha realizar una especie de juegos malabares lanzando las tres botellas al aire.

La conducta humana es muy compleja y el comandante, acostumbrado a verse en situaciones comprometidas, solía poner en práctica sus conocimientos de psicología, sorprendiendo a los asistentes. Durante unos segundos el plan parecía funcionar y los rudos hombres de zona rural se quedaron embelesados mirando volar las botellas mientras el piloto se iba acercando cada vez más a la puerta. Pero en el momento en que se disponía a salir por la misma, le falló la coordinación y una botella se le cayó al suelo haciéndose añicos. En se instante parece que despertaron del trance y se abalanzaron todos sobre él. Pero al primero que se le acercó le rompió la botella en la cabeza y, amenazando con la última que le quedaba, consiguió escapar a la carrera. Para entonces el copiloto, que siguió sus órdenes, ya tenía la aeronave preparada para el despegue. El comandante se subió rápidamente al aparato, a pocos metros le seguía una multitud encolerizada dispuesta a lincharle.

- ¡Gas a fondo en motor uno! —gritó saltando al interior del avión.

El copiloto accionó la palanca y la turbina número uno se puso a pleno rendimiento; el jet realizó un medio giro y el aire y los gases de escape que soltaba el motor barrieron al grupo perseguidor haciéndolos rodar por el suelo.

En el viaje de vuelta el piloto nos puso al día de los acontecimientos acaecidos en nuestra ausencia. Por lo visto la situación era peor de lo esperado y el caos estaba cundiendo por todo el mundo. Los países más desarrollados intentaban mantener el orden sacando el ejército a las calles, pero la situación era tan caótica que muchos soldados y altos mandos desertaban y se marchaban en busca de sus familias. La mayoría de infraestructuras estaban destruidas; las ciudades estaban incomunicadas; no. había forma de viajar por carretera; la luz, el agua y el resto de suministros estaban cortados.

El modesto aeropuerto comarcal estaba desierto y su única pista estaba partida a lo largo justo por la mitad por una grieta que dejaba a la vista un profundo socavón. Estas circunstancias no eran nada halagüeñas, ya que mi casa se encontraba a unos cuantos kilómetros y seguramente también había sufrido el envite y la furia del seísmo.

- Prepárense para el aterrizaje, va a ser una maniobra algo movidita —escuchamos la voz del comandante hablando por el interfono.

Por suerte, nuestro avión disponía de un tren de aterrizaje muy estrecho, cosa que en la mayoría de las maniobras molestaba a los pilotos, pero en este caso era perfecto para aterrizar rodando por el escaso margen que quedaba entre la grieta y el borde de la pista. El viento de costado empujaba al aparato a la izquierda derivándolo hacia la zanja, pero las expertas manos del comandante y el buen hacer del copiloto, consiguieron posar la aeronave en el reducido espacio.

- Dense el máximo de prisa; nosotros esperaremos haciendo guardia en el avión; no podemos dejar de vigilarlo ni un instante dada la situación.

Estaban al corriente de nuestros hallazgos y sabían que en este momento lo único que les mantenía adelante era la fe en nuestro plan. Por otro lado, ninguno de los dos tenía familia y seguramente se hubiesen apuntado a esta aventura, aunque no les fuese en ello la vida.

Escasamente se habían adecentado, cambiándose de ropa y lavándose un poco en el pequeño lavabo del avión, pero de todas formas eso no era ahora lo más importante. El profesor corrió hacia un vehículo de esos que portan las maletas, se sentó en el asiento del conducto y comprobó que todo estaba en orden, después desenganchó el trenecito que formaban los diferentes carritos que portaban las maletas y dejó libre el pequeño vehículo que se asimilaba a un carrito del golf. Era un transporte algo lento, pero seguramente era lo mejor que podían encontrar, además era eléctrico y el profesor siempre utilizaba el transporte menos contaminante, si no fuese por que el tiempo corría en nuestra contra, seguramente hubiese optado por ir caminando. Atravesamos la ciudad en nuestro singular transporte, cruzando por parques, jardines, sobre el asfalto o sobre la acera; el pequeño vehículo se desplazaba con facilidad sobre cualquier superficie. El panorama era descorazonador. No se veía a nadie por las calles, toda la ciudad parecía un campo de batalla y las pocas edificaciones que seguían erguidas estaban abandonadas. La población entera había salido corriendo, dejando atrás sus casas en busca de un lugar donde refugiarse de los terremotos. El humo formaba nubes densas en la lejanía, marcando el lugar donde los edificios eran devorados por las llamas. Cruzamos la calle 42 y subimos por la de Los Cisnes; casi al final de ella en el número 128 se encontraba la casa de mi madre. El corazón me latía con fuerza y la ansiedad se apoderaba de mi mente al contemplar tal devastación. Entonces la visión comenzó a nublárseme y noté una especie de mareo, pensé que se trataba de algún tipo de desfallecimiento por falta de glucosa, pero en seguida me di cuenta de que era el comienzo de un gran temblor, la tierra era sacudida nuevamente por un seísmo cuando nos encontrábamos a escasos metros de la entrada de la casa. Toda ella se encontraba derrumbada, completamente desecha como un castillo de naipes, solo quedaba intacta la parte superior, la buhardilla con su tejado negro de pizarra. Bajamos del coche intentando mantener el equilibrio, pero era prácticamente imposible caminar; éramos zarandeados de un lado hacia otro; únicamente pensaba en que esto terminase cuanto antes para poder entrar de alguna forma en la casa y buscar a mis hijas. Mao me ayudaba como podía y, agarrándonos los dos, conseguimos llegar hasta el lugar donde antaño estuvo el recibidor. Gracias a Dios, el temblor remitió y comenzamos a buscar alguna señal de vida entre los escombros.

- ¡Tina, Tina, Amaya, Amaya, puede oírme alguien! — gritaba con todas mis fuerza, presa de la desesperación a la vez que no paraba de pensar en encontrar alguna evidencia de la tragedia bajo la retahíla de pedazos de madera que formaban montones inmensos de cascotes.

- ¡Mamá, mamá estamos aquí! —escuché una voz lejana que rápidamente reconocí.

Era Tina, y su voz parecía llegar del interior de la tierra, justo bajo nuestros pies.

- Aprisa, hay que despejar esta zona, creo que se encuentran refugiadas en el sótano.

Yunacoshi y yo intentábamos retirar los escombros con la mayor rapidez posible y mientras lo hacíamos una luz de esperanza se encendió en mi interior; noté de nuevo aquella sensación cálida que me había transmitido la reliquia y pese a las circunstancias durante un segundo me atreví a sonreír. Dejamos al descubierto el portón metálico de color anaranjado, pero al tirar de la manilla, la puerta no se movió, los golpes y abolladuras la dejaron encajada de tal forma que era imposible desplazarla. El profesor, que no paraba de cavilar, en seguida buscó una barra con la que hacer palanca.

- A la de una, a la de dos y a la de tres…

Con el esfuerzo conjunto conseguimos despegarla y dejar libre la entrada. Entonces Tina pegó un salto y se colgó a mi cuello dándome un abrazo, después salió Amaya.

- ¿Y la abuela, donde está? —le pregunté, pero en seguida su expresión se torno triste y unas lagrimas comenzaron a salir de sus ojos.

- La yaya no lo consiguió, nosotras llevamos varios días encerradas en el sótano —me explicó entre suspiros a la vez que nos fundíamos las tres en un abrazo.

En aquel momento una nueva réplica comenzó a sacudirnos; por suerte en la zona que nos encontrábamos no muchas cosas nos podían caer encima pues ya estaba todo prácticamente desolado.

- No podemos perder más tiempo, hay que salir de aquí cuanto antes. La pista no aguantará mucho tiempo y sin una zona de despegue nos quedaremos atrapados en este lugar —decía Mao, intentado caminar hacia el vehículo tambaleándose de un lado para otro.

Montamos los cuatro y salimos a toda prisa hacia el aeropuerto. A ratos parecía que estuviésemos en la montaña rusa y en otros en los coches de choque. Nunca vi al profesor en tal estado, era como si se hubiese vuelto completamente loco, conducía de una forma sorprendente. El cacharro conseguía coger una gran velocidad, quizás no era demasiado para circular por una autopista, pero atravesando jardines y calles peatonales repletas de obstáculos por el camino, la sensación de velocidad era vertiginosa.

- Vamos, vamos, más rápido, atravesando los setos… —gritaba emocionada Tina, como si realmente nos encontrásemos en una atracción de feria, pero Amaya y yo, que éramos más conscientes del trastazo que nos podíamos dar en cualquier momento, no decíamos una palabra e intentábamos asirnos con la mayor fuerza posible a los asientos.

Mi teléfono comenzó a sonar nuevamente, cosa más que sorprendente, ya que en el estado en el que se encontraba la ciudad, era difícil de comprender cómo algunos repetidores de telefonía seguían funcionando. No era desde luego el momento más oportuno para contestar a la llamada, ya que temía que al soltar una de las manos para ponerme al aparato, saliese despedida del transporte en cualquiera de las extrañas maniobras que Mao estaba realizando. Nada, que no paraba de sonar, tal vez fuese urgente. Miré al frente y comprobé que disponíamos de unos metros de asfalto libre, momento que aproveché para contestar. Era de nuevo el piloto, que me hablaba muy nervioso; la pista estaba quedando totalmente destruida y temían no poder despegar si continuaban los temblores. Llegó el momento de pisar afondo. Al comunicárselo al profesor este se emocionó y aunque conducía como un poseso, parecía estar guardándose algo.

- Fui campeón de kart cuando estudiaba en la universidad...

28

Era un niño muy alegre y con poca cosa sabia divertirse. Sus padres estaban muy contentos con él, pues era muy inteligente y atento, siempre estaba dispuesto a ayudar a su madre en cualquier tarea. La esperanza de sus padres estaban depositadas en él, deseaban que estudiase y algún día pudiese tener una carrera para obtener un buen trabajo con el que escapar de la miseria. Su madre quería que fuese cura, su padre prefería que fuese médico, pues así podría atender a las personas enfermas del pueblo.

Uno de los días que mejor recordaba el pequeño Eula, era la gran tormenta de nieve; fue un suceso fuera de lo normal, pues en aquel lugar nunca se había visto la nieve. Pero últimamente a causa del cambio climático originado por la polución emitida a la atmósfera, sucesos extraordinarios como éste eran cada vez más habituales. El pequeño salió a la calle con poca ropa de abrigo dispuesto a jugar con la nieve, pero en seguida se le quedaron las manos congeladas; entonces regresó a casa y le enseñó las manos a su madre muy enrojecidas; ella no tenía guantes ni manoplas que ponerle, así que se le ocurrió utilizar unos calcetines. El niño salió de nuevo a la calle dispuesto a hacer un muñeco de nieve, pero le era muy difícil de manipular cualquier cosa ya que tenía todos los dedos juntos. Intentó apañárselas lo mejor posible, pero había más inconvenientes: los calcetines se calaron rápidamente y el agua hacía que la punta colgase por el peso. Tras un buen rato jugando sintió un fuerte dolor en las extremidades; tenía las manos tan heladas que no era capaz de quitarse los calcetines. Entonces regresó a casa y su madre se lo encontró llorando en la puerta con las manos congeladas. Le quitó la ropa húmeda y le sentó cerca del fuego, pronto entró en calor y se pudieron reír del suceso.

En navidades todos los niños del poblado salían a jugar con sus juguetes, regalos que les habían hecho por reyes; pero los padres de Eula eran muy pobres y todo lo que tenían lo ahorraban para que algún día fuese al instituto y más tarde a la universidad. El muchacho lo intentaba entender, pero con sólo cinco años no lo comprendía y sentía una sensación de envidia por el resto de críos que jugaban en la calle.

Después del invierno llegaba una de las épocas más bonitas, ya que el pueblo y los alrededores monocromáticos y llenos de charcos y barro se vestían de colores debido a la primavera. En esas fechas los muchachos volaban cometas y el pequeño siempre estaba atento a ellos, se acercaba a hablar con los niños más mayores y en algunas ocasiones le dejaban sostener el carrete de hilo durante unos instantes y sentir el empuje ascendente que el viento insuflaba a la cometa. Una vez conoció a un chaval singular que sabía fabricar sus propias cometas y era un forofo de estos artilugios. Eula se marchó con él a su casa, caminando hasta otro pueblo; era lo más lejos que había ido solo jamás y además no avisó a su madre. Entró a la casa del muchacho y este le llevó hasta un cuarto donde había artilugios voladores por todas partes. Como vio que el pequeño era también un gran aficionado a las cometas le regaló una de sus creaciones, una pequeña fabricada con unas cañas y con un pedazo de plástico negro perteneciente a una bolsa de basura. Mientras caminaba de regreso a casa, pensaba en todas las historias que su madre le contaba sobre niños raptados, que nunca volvieron a ver a sus familias. Cuando su madre se enterase de lo sucedido le caería un buen castigo, pero para él todo había merecido la pena; por primera vez tenía su propia cometa.

Por suerte la regañina no fue demasiado severa. Pasó la noche entera prácticamente si dormir, pensando en volar su juguete. A la mañana siguiente se levantó de un salto y se preparó para ir al colegio; estaba deseando que llegase la tarde para poder probarla. El día se le hizo eterno, pero finalmente llegó la hora y salió al campo donde se dispuso a volarla, la soltó con cuidado manteniendo el carrete en una mano y para su sorpresa el pequeño artefacto ascendía con fuerza y rapidez. Su madre se encontraba cerca sentada al sol haciendo una chaqueta de lana. Eula soltó toda la cuerda del carrete y la cometa volaba muy alto, pero aún tiraba hacia arriba, como si quisiese subir más. Se acercó a su madre sin soltar el carrete y le pidió una madeja de lana, ató uno de los extremos a la cuerda y continuó soltando metros y metros de lana. Planeaba tan alto que apenas podía vérsela; era un pequeño punto negro en la inmensidad del cielo azul. Eula se imaginaba allí arriba contemplado el mundo desde las alturas. El sol descendió rápidamente y comenzó a oscurecer; ahora sí que no discernía dónde se encontraba la cometa, únicamente sentía sus tirones intentando liberarse de la cuerda; por un momento pensó en dejarla libre, como si fuese un pájaro; seguramente a la altura a la que se encontraba volaría por el mundo dando vueltas para siempre. Pero era su única cometa y tenia que conservarla, pues era su gran tesoro. Con dificultad fue recogiendo la lana en un ovillo y, tras mucho tiempo, llegó a la parte del cordel original, donde anudó las dos cuerdas, para entonces ya era totalmente de noche y su madre le espera impaciente para irse a casa. Poco a poco la cometa se acercaba hasta que por fin la pudo coger en sus manos.

El día siguiente era sábado y no tenía escuela, así que emocionado por el vuelo de la tarde anterior, se despertó muy temprano sobre las cinco de la mañana; aún no había salido el sol, pero desayunó un cuenco de leche con sopas de pan y salió corriendo a la calle. Hacía un frío de mil demonios y el aire soplaba con fuerza; esperó unos instantes hasta que la luz del sol era suficiente para ver y se dispuso a volarla. Pero no tuvo en cuenta que el viento soplaba con demasiada fuerza y en cuanto soltó la cometa, esta le pegó un tirón fuerte que casi le arranca el carrete de las manos. Consiguió sujetarla con esfuerzo, pero la estructura no resistió, las finas cañas se partieron y la cometa cayó al suelo destrozada. El pequeño volvió a casa muy triste y su madre le preguntó qué le pasaba; entonces enseñó los pedazos de carrizo con su envuelta negra de bolsa de basura, pero la madre no sabía cómo arreglar aquella cosa; tanto para Eula como para su madre aquello les parecía ingeniería aeronáutica. Lo más que pudo hacer fue atarle el asa de una bolsa al extremo del cordel; de este modo tuvo contento al pequeño al menos durante un tiempo hasta que pudo comprobar que la bolsa no volaba como una cometa.

El herrero que escuchó lo que le sucedió siempre le vacilaba diciéndole que le estaba construyendo una cometa de hierro; el niño se lo tomaba muy en serio y todos los días pasaba por la puerta de la herrería y le preguntaba si ya la había terminado. Pero con el paso de los días fue intuyendo que algo no marchaba bien, quizás el hombre no sabía cómo fabricar cometas o tal vez no quería fabricarle una, pues él no tenía dinero para pagársela. Los meses pasaron y Eula recordaba el espectacular vuelo que realizó con su cometa, seguramente batió el record mundial de altitud, pero ahora se tenía que conformar con acercarse a los niños mayores para intentar que le dejasen sostener el carrete durante unos instantes.

El pequeño no se dio por vencido y con los trozos que aún conservaba como oro en paño, dedujo cómo construir una cometa nueva; los primeros intentos fueron fallidos, ya que pasaba por alto algunos detalles que eran fundamentales para que pudiese volar, pero no se amedrentó y, siguiendo el método de ensayo y error, finalmente consiguió fabricar una que volaba decentemente. A partir de ese día comenzó a hacer diseños en su cuaderno, dibujos garabateados, pues aún no sabia escribir, pero él los entendía perfectamente: eran los planos de construcción de la mayor cometa del mundo, un artilugio volador diseñada para poder montarse en el y subir a ver el mundo desde las alturas.

29

Un mensaje en el teléfono móvil y Juliano salió corriendo rápidamente. Tenía que organizar a la guardia en el aeródromo de Fuente la fría. Además de encargarse de la explotación maderera, tenía que atender cualquier petición de la empresa. A menudo sofocar algunas revueltas o expulsar a personas non gratas para los intereses de la multinacional. En aquel lugar el ejército estaba a sus órdenes; se le llamaba ejército por que era lo más parecido; en realidad eran jóvenes reclutados por un plato de comida y algunas monedas, sin ningún tipo de preparación militar.

Acudieron a toda prisa al pequeño aeropuerto, donde únicamente solían aterrizar ingenieros y directivos de la empresa. Vieron el estilizado avión sobrevolarles a gran velocidad; dio varias vueltas a la pista haciendo varios tráficos, antes de aterrizar. Llegaron justo a tiempo: unos minutos más tarde se les hubiesen escapado. Detuvieron a toda la tripulación y Juliano se puso en contacto con la junta directiva. Las órdenes le resultaron un tanto extrañas; por lo visto debían interrogar a los dos arqueólogos y conseguir que les diesen las coordenadas del lugar al que se dirigían. Primero interrogaron al hombre, que sufrió todo tipo de insultos, amenazas e incluso bofetadas. Pero esto no le importaba demasiado a Juliano, sabía que tarde o temprano hablarían, sólo era cuestión de tiempo; cuando llevasen unos cuantos días sin comer, sin dormir y se les ofreciese la oportunidad de quedar libres cantarían como pajaritos.

El segundo interrogatorio fue mucho mejor, parece que la señorita no estaba dispuesta a pasar por el mal trago; se la presionó un poco y soltó todo lo que sabía. Ahora que disponían de las coordenadas tendrían que acercarse para verificarlas, pero la empresa les pidió que esperaran, que el jefazo en persona se desplazaría en helicóptero con ellos hasta aquel lugar.

¿Qué podía ser tan importante? Pues llevaba toda la vida trabajando para la compañía y nunca había visto al jefe en persona, y mucho menos que se desplazase él mismo para ver una parte de la selva.

Los rumores no se hicieron esperar y enseguida se escuchó en la cantina que aquellos científicos del aeródromo encontraron la mítica ciudad del dorado. El lugar por el que tantos exploradores habían perdido la vida, una ciudad perdida en medio de la selva, construida enteramente en oro puro. Desde luego todos aquellos hombres estaban al servicio de la multinacional por dinero; eran personas codiciosas que únicamente buscaban la forma más rápida de conseguir dinero.

El helicóptero del jefe aterrizó en un claro en medio de la jungla y de él se bajó un guardaespaldas con aspecto de gorila y un hombre gordo, mayor de sesenta años, con un puro enorme en la boca.

- ¿Es usted Juliano?
- ¡Sí, señor, así es!
- Muy bien, pues suba usted y déle las coordenadas al piloto. A propósito: ¿ha mantenido usted todo en el más estricto secreto como le ordené?
- Sí claro, por supuesto, señor —dijo Juliano con voz temblorosa.

En cuanto le pasó en una nota las coordenadas al piloto, este despegó y tomó dirección al lugar señalado. Durante todo el viaje no vieron más que las copas de los árboles. El helicóptero era un aparato de última generación, pero aun así, si sufrían alguna avería mecánica, no tendrían forma de encontrar una zona donde realizar un aterrizaje de emergencia.

- Ha hecho usted un magnífico trabajo, no tenga duda de que la compañía se lo agradecerá. Tenga, fúmese uno de mis cigarrillos, son de los buenos, los compro a uno de los grandes la unidad.

Juliano se puso a fumar aquel enorme cigarrillo, pensando en los mil dólares que se iban quemando con cada calada.

- ¡Aquí es señor, ya estamos! —se escuchó la voz del piloto por los intercomunicadores.
- ¿Está seguro de ello?
- Si, señor, estas son las coordenadas.
- ¡Maldita sea!, inútil, traiga ese puro aquí ahora mismo.

Gritó enfurecido y la cara se le puso rápidamente roja, como si le estuviesen estrangulando. De un manotazo le arrancó el cigarrillo de la boca a Juliano, que parecía haber encogido, convirtiéndose en un hombrecillo enclenque con cara de asusto.

- Esa doctora te ha tomado el pelo y lo peor de todo me ha hecho perder el tiempo.
- No se preocupe señor, en cuanto regresemos me las va a pagar y verá usted qué rápido nos da la dirección correcta.

Casi antes de que la aeronave tomase tierra Juliano saltó y corrió dando voces para reunir a los guardias.

- Vamos perros gandules, hay que interrogar de nuevo a la señorita
- Pero patrono, tenemos un problema.
- ¿Quién ha dicho eso? —preguntó muy encolerizado.

El grupo de militares no decía una palabra, nadie se atrevía a abrir la boca. ¿Quién le explicaría lo sucedido?

- Un momento Juliano, esta vez yo personalmente estaré presente en el interrogatorio —dijo el magnate acercándose con su guardaespaldas.

- Está bien señor, no hay ningún problema.

Bajaron en un par de todoterrenos bastante viejos y destartalados hasta el aeródromo que se encontraba en el valle a los pies de la colina. Se apearon de los vehículos y en el escaso trecho que los distanciaba de la entrada, el número de soldados iba disminuyendo. Se quedaban rezagados, con alguna excusa, como atándose las botas, y en cuanto podían, salían corriendo hacia la selva. Para cuando llegaron a la puerta del almacén donde encerraron a los prisioneros, todos los guardias habían desaparecido. Juliano abrió la puerta y se quedó pálido cuando vio la sala vacía.

- ¡Señor, parece que se han fugado!

- ¿No me diga? Es usted todo un detective.

Y terminó su frase soltándole un guantazo en la cara. Juliano se echó ligeramente hacia atrás atenuando el golpe.

- ¡Estése quieto ostia!

El encargado ladeó la cara, poniendo la otra mejilla y de esta forma el jefe pudo darle una buena bofetada, que le dejó la palma grabada en el rostro.

- ¿A qué está esperando? Organice a sus hombres ahora mismo, hay que poner en marcha la batida.

El hombrecillo salió perdiendo el culo a toda prisa, dando voces para organizar a los soldados.

- Smith, ¿ha visto qué cara de idiota ha puesto? Ja, ja, ja, cómo me estoy divirtiendo, ahora organizaremos la cacería humana ¡Qué emocionante!

En cuanto salió al exterior encontró cerca de los coches al militar al mando de la unidad.

- Venga aquí ahora mismo. ¿Qué ha pasado con los prisioneros?

- Escaparon por una ventana y se internaron en la jungla.

- ¿Quién estaba vigilando?

- Verá señor, yo no…

- ¿Cómo? ¿Qué?

E imitando al gran jefe que le había dado un par de guantazos, hizo lo mismo, pero el soldado tuvo mejores reflejos y evitó el golpe.

- ¡Firme! Póngase firme ahora mismo.

El militar obedeció y Juliano aprovecho que el jefazo estaba mirando, para soltarle un golpazo. Cerró la mano y la echó hacia atrás para coger el mayor impulso, pero justo cuando el puño iba a impactar con el rostro del soldado, este ladeó ligeramente la cabeza interponiendo el casco. Se escuchó un sonido metálico similar al de las campanas de la iglesia y casi al instante un chasquido de huesos; más tarde los gritos de dolor de Juliano.

El dueño de la empresa que observaba la escena a unos cuantos metros, intentaba contener la risa como podía, pero bajo su fachada de hombre serio y amargado, se encontraba una especie de chaval perturbado, un sádico que disfrutaba y se regocijaba contemplando la situación.

30

- ¡Eulalio! ¿Dónde te metes holgazán? ¡Corre ven aquí hay que preparar la cacería! —gritó furioso Juliano el capataz, buscando al pobre hombre, que no paraba un instante de trabajar.

Le contó que unos delincuentes atracaron la cantina y escaparon escondiéndose en el bosque. Saldrían tras ellos con un grupo de soldados y el gran jefe estaría observándolos; había que dar ejemplo para que viese que eran unos empleados eficientes y controlaban la situación. Así que cogió a Eulalio como ayudante para que le trasportase los víveres y la munición, pues sabía que era el hombre más dócil de cuantos trabajaban en la explotación.

Esto se asemejaba a la caza de la perdiz, en la que Juliano alguna vez participó; se trataba fundamentalmente de ir abriendo camino al señorito y ponerle las presas a tiro; después era muy importante saber arrimarse y hacerle bien la pelota para que estuviese contento. Pero lejos de ser un paseo, enseguida se dieron cuenta de que caminar por la jungla no era ir de excursión. Tenía que tener mucho cuidado en el avance pues la zona estaba repleta de pozos que la vegetación camuflaba perfectamente y en los que un hombre podía caer varios metros. Otro de los inconvenientes era la escasa visibilidad; con tanta espesura era fácil confundir a los hombres y únicamente Juliano se atrevía a ir delante del jefe, exponiéndose a que le pegase un tiro.

Eulalio caminaba cargando con infinidad de cacharos, un montón de trastos que sólo los señoritos solían utilizar, como una estúpida silla plegable, como si no hubiese donde sentarse en la selva. Andaba cabizbajo, muy pensativo; estaba hecho polvo por las malas noticias que su mujer le había contado sobre Eula. Se habían gastado todos los ahorros en tratamientos médicos, pero nada conseguía curarlo y los medicamentos que necesitaba costaban mucho dinero; los especialistas eran imposibles de pagar y el pobre niño empeoraba a cada momento.

El primer día se hizo muy lago y pesado, pero continuamente encontraban evidencias, marcas que les ponían sobre el rastro de los fugitivos. Al caer la primera noche montaron un campamento, con tiendas de campaña y todo tipo de comodidades para el magnate que cargaban los porteadores sobre sus costillas, entre ellos el bueno de Eulalio. ¿A quién se le ocurre llevarse un juego de té a una cacería en plena selva?

Para rematar las cosas comenzó a caer una lluvia fina, un chirimiri, un calabobos que convirtió todo en un lodazal. Después llegó la mañana y de nuevo en marcha caminando todo el día bajo aquella molesta lluvia que les complicaba el avance. Como era costumbre, algunos de los soldados desaparecían cuando la situaciones se complicaban. Juliano en cambio en lugar de achicarse se agrandaba, corriendo de un lado a otro delante del jefe como un perro perdiguero. El hombre era feliz y se ponía especialmente contento cuando el director le daba unas palmaditas en la espalda. Continuamente debían ayudar al torpe señorito, que con sus kilos de más y su escasa destreza para caminar por aquellos parajes, se convertía en una carga más. Para cruzar algunas zonas pantanosas o subir empinadas cuestas, lo tenían que transportar en una camilla entre cuatro hombres. La segunda noche fue espantosa, casi nadie consiguió pegar ojo bajo el agua, empapados y llenos de barro. Pero con la luz del nuevo día la tormenta amainó y por fin la lluvia les dio una tregua. En la cara de todos se mostraba de forma clara el cansancio; ya no parecía tan divertido, y el jefe comenzaba a estar cansado, incluso Juliano parecía agotado. Entonces en plena marcha todo comenzó a moverse, la tierra tembló y los árboles comenzaron a caer a uno y otro lado. Los hombres se dispersaron presa del pánico; solo permanecieron junto al jefe Eulalio, Juliano y el guardaespaldas personal, aunque este último parecía cada vez más descontento. Estaba claro que era una persona muy entrenada, quizás perteneciente a las fuerzas especiales y aunque hacía su trabajo por dinero, nunca imaginó que tendría que proteger a un ser tan despreciable. Imaginó que pasar del ejército a la seguridad privada le podría reportar grandes beneficios, los económicos estaban claros, pero tal vez un hombre de su experiencia fuese bien valorado y obtuviese un cargo en el gobierno protegiendo a algún senador o incluso al mismísimo presidente.

Por fortuna, el terremoto pasó pronto y ninguno de los que quedaron resultó herido. Desde luego, estaba claro que era el momento de regresar a la base, sería una locura que continuasen con la batida. En ese mismo momento se presentó el principal problema: el militar al mando encargado de la topografía era el que disponía de los planos y era uno de los hombres que huyó en la desbandada. Juliano, para no ser menos, se puso a dirigir al grupo haciéndose el entendido; decía que conocía esta selva como la palma de su mano, que jamás se perdería, que para él éste era el jardín trasero de su casa. Siguieron sus pasos durante todo el día, pero cada vez se encontraban más perdidos. Eulalio se hacía el tonto, pero se dio cuenta de que pasaron tres veces por el mismo sitio, así que estaban dado vueltas en círculo. Pero como no quería que el patrono perdiese un ápice de su gloria, le dejó que siguiese dirigiendo el grupo. El guardaespaldas del magnate se percató también de lo sucedido y lo comentó.

- ¡Maldita seas Juliano, eres tonto del culo, no tienes ni idea de donde estamos! Acércate aquí un momento —murmuró en voz alta muy encolerizado el gordinflón, que ahora se encontraba exhausto por la caminata.

Juliano se acercó a ver lo que le quería comentar el jefe y como éste se encontraba falto de aire y hablaba en voz muy baja, fue arrimándose poniendo la oreja cada vez más cerca. El jefazo le soltó un manotazo en toda la geta que le dejó la mejilla irradiando un tono rojizo.

- Seguiremos por aquí dijo el guardaespaldas —señalando un pequeño sendero en la maleza.

Desde luego era lo más lógico, si te encontrabas con un sendero en la selva a algún sitio debería de conducir. Siguieron caminando, aunque a cada rato tenían que parar para que el multimillonario recuperase el aliento, su piel rosada del color de un cochinillo no paraba de drenar sudor que le chorreaba por todo el rostro.

- Silencio, quietos, he oído algo —dijo nuevamente el hombretón que marchaba en cabeza.

Se asomó un instante y regresó diciendo que había encontrado un poblado de indígenas, que la zona parecía segura ya que no estaban armados. Los cuatro hombres bajaron con cautela, en primer lugar el ex boina verde, después el tonto de Juliano seguido de cerca por el obeso jefe y finalmente el pobre Eulalio, que sin comerlo ni beberlo se estaba viendo metido en un auténtico lío.

Los tres hombres de cabeza iban armados y portaban sus fusiles en posición de disparo.

31

Bajaban hacia el poblado cruzando una pequeña pradera donde no había donde esconderse; un niño que jugaba en los alrededores; se quedó asombrado al ver a los forasteros. Salió corriendo asustado como si hubiese visto al diablo.

- ¡Maldición nos han descubierto! —mascullo Juliano, haciéndose el tipo duro.
- Creo que lo mejor sería esconder las armas y presentarnos de forma pacífica —comentó Eulalio—. Pero el resto del grupo le miró como si estuviese loco. La mayoría de tribus que se encontraban por la zona eran pacíficas y pocas causaban problemas; de hecho los problemas se los causaban las multinacionales, arrasando la selva y desalojándoles de sus territorios.
- Lo que había que hacer con esta pobre gente es darles un trabajo, educación y asistencia médica. Lo mejor para ellos es que se marchen cuanto antes a la ciudad —dijo el magnate con voz cansada.

Tal vez aquel hombre quería ayudar. Desde luego a él no le sería muy difícil; aunque invirtiese una parte de sus ganancias en construir escuelas y hospitales aún le que darían grandes beneficios. Quién sabe, incluso más, ya que sus obreros trabajarían mejor al estar más sanos y de forma más eficiente. Eulalio pensó que podía ser un buen momento para hablar con el jefe, pues ellos dos se quedaron algo distanciados.

- Señor, quiero darle las gracias por mi puesto de trabajo; llevo muchos años trabajando para la compañía y nunca he faltado ni un solo día. Desgraciadamente carecemos de seguro medico, cosa que por mí no me preocupa, pero tengo un niño pequeño que está muy enfermo y necesita atención médica; si usted quisiese podría ser atendido en un hospital y luego podría descontar los gastos de mi sueldo.

- ¿Cómo se llamaba usted?

- Eulalio.

- Mira Eulalio, todos tenemos problemas familiares, y yo no puedo solucionar los de los demás. No somos una ONG…

Qué fácil hubiese sido para el dueño de la multinacional salvar la vida del pequeño Eula, pero simplemente no quiso. El pobre Eulalio había caído en el engaño más viejo, este tipo de gentuza, malas personas adornas sus palabras y sus frases para darse siempre un aire benefactor y benevolente. De esta forma este tipo de sanguijuelas pasan desapercibidos entre la sociedad, conviven con el resto de personas siempre ocultando su rostro.

Un anciano, seguido del gentío, se acercó para hablar con los forasteros. Era la primera vez que veían a otros seres humanos; para ellos era un suceso de lo más extraño, pues pensaban que eran los únicos habitantes de la tierra.

- Soy Kotoroshi, ser bienvenidos a nuestro humilde poblado —dijo el abuelo de Nawi—. Pero los forasteros no entendieron nada.

- Creo que quiere que nos vayamos de sus tierras. Espetó Juliano de nuevo dándoselas de entendido.

- Estas tierras son propiedad de la empresa y de aquí los únicos que se van a marchar son ustedes. Están ocupando este territorio de forma ilegal —continuó el magnate.

- Yo creo que le hemos interpretado mal, sus palabras se parecen bastante a el antiguo dialecto que hablaba mi abuelo, creo que nos está dando la bienvenida —intervino Eulalio.

Pero los ánimos comenzaron a caldearse:

- ¿A ti quién te ha dado vela en este entierro? Cuando quiera que uno de mis peones me dé su opinión se lo haré saber.

- Señor yo creo que Eulalio tiene razón; no creo que esta gente busque pelea; dese cuenta de que la mayoría son niños y ancianos. Fueron las observaciones que hizo el guardaespaldas.

- Estamos de luto por unos niños que han desaparecido hace ya varios días, pero aun así organizaremos un festejo en su honor —prosiguió el anciano.

- No me gusta nada el tono de voz que utiliza este nativo. Smith no le pierdas de vista.

El abuelo de Nawi hizo un gesto para que los visitantes entrasen en el poblado. Pero al girarse el medallón heredado de sus antepasados, quedó a la vista sobresaliendo de la túnica.

- ¡Mirar, es un medallón de oro puro y en él se ve el grabado de una ciudad! —exclamó el tonto de Juliano.

Era lo que le faltaba por oír al codicioso hombre de negocios, que enseguida interpretó el grabado con la mítica ciudad perdida del dorado.

- Juliano, pregúntele de dónde ha sacado ese medallón.

Eulalio cada vez se estaba poniendo más nervioso viendo la situación y Smith comenzaba a darse cuenta de lo que iba a suceder. Llevaba ya varios años trabajando para el empresario y sabía muy bien que era como un niño caprichoso; cuando quería algo no paraba hasta conseguirlo, le daba lo mismo que fuese por las buenas o por las malas.

Juliano hizo como si hablase algún tipo de dialecto, pero en realidad no tenía ni la menor idea de lo que estaba diciendo.

- Nada, que el viejo no quiere hablar, quiere mantener el secreto.

- Dile al indígena que nos diga dónde está la ciudad del dorado o les haremos hablar por la fuerza.

Como no tenían forma de comunicarse y aunque el abuelo de Nawi se esforzaba por darles la bienvenida e invitarles a beber y comer para festejar su llegada, el avaro hombre de negocios pensaba que estaban conspirando y que querían tenderles una trampa. Así que, empujado por la codicia y al mismo tiempo temiendo que tal cantidad de gentío pudiese echárseles encima, comenzó a disparar su rifle al aire. El estruendo del arma que sonó como un trueno asustó a la mayoría de niños que corrieron a esconderse. Pero Juliano lo interpretó como un ataque y se puso a disparar a todo aquel que se le ponía por delante. Entonces el anciano al ver lo que estaba sucediendo se abalanzó sobre él para evitar que disparase con su extraño bastón de fuego.

- Viejo asqueroso —gritó el gordinflón a la vez que le sacudía un culatazo por la espalda dejándolo tirado en el suelo, sin sentido.

Por suerte, el fusil de Juliano no era un arma automática, disponía de un sistema de cerrojo y en sus manos poco expertas sólo le dio tiempo a realizar dos disparos que por fortuna con su mala puntería no consiguieron hacer blanco.

Ahora, al escuchar los gritos, hombres y mujeres jóvenes que hasta el momento habían permanecido realizando sus labores salieron de sus viviendas construidas en piedra, con tejados de cañizo.

- ¡Nos atacan, nos atacan! Tenemos que hacerles frente o nos comerán vivos… —gritaba enloquecido Juliano, al ver la multitud que corría hacia ellos con intención de lincharlos.

Eulalio no salía de su asombro. ¿Qué estaba pasando?, ¿es que todos se habían vuelto locos?

- ¡Quietos, no den un paso más!, —ordenó el guardaespaldas y disparó una ráfaga de balas levantando una cortina de polvo delante de la muchedumbre. Después apuntó con su arma al anciano.

Sabía que lo que estaba haciendo no estaba bien, pero en un caso como éste le pareció justificado; si no paraba los pies a aquellos indios, no lo contarían. Desde luego que no entraba dentro de sus planes disparar a gente desarmada y mucho menos a mujeres y niños. Estaba claro que todo este caos lo habían generado ellos, pero la única solución que tenía por el momento era asustarlos, para que se mantuviesen alejados.

Ayudó al anciano a levantarse y luego, mientras Juliano le apuntaba con su arma, les hizo señas para que se tumbasen en el suelo. Los indígenas presos del pánico obedecieron las órdenes y Smith amordazó a los hombres más fuertes atándoles las manos a la espalda utilizando unas bridas de plástico. Después, Juliano ató al resto con una cuerda que llevaba en su mochila, formando unos grandes conjuntos de personas unidas entre sí. El ex militar había conseguido su objetivo, pero ahora la situación se le volvía a ir de las manos. Por un lado, el capataz, que después de haberse sentido humillado al verse acorralado quería tomarse la justicia por su mano y amenazaba constantemente a los indios con su rifle; del otro, el jefazo que no cejaba en su empeño de averiguar cómo había conseguido el medallón aquel anciano.

Ataron a todos a un árbol grueso que crecía en el centro del poblado y comenzaron a rebuscar por las casas. Juliano marchaba en cabeza seguido por el director, mientras Smith y Eulalio permanecían junto al grupo de indios que se encontraba amordazado.

- Lo que estamos haciendo no está bien, esta pobre gente no ha hecho nada —le comentó en voz baja.

- No te preocupes, en cuanto esos dos se calmen soltaremos a estas personas y nos marcharemos dejando el poblado como si no hubiese pasado nada.

Por lo menos se habían juntado las dos personas más cuerdas, ya que tanto el jefe como el capataz comenzaban a desvariar en su ansia de encontrar el dorado.

- ¡Cómo sabía yo desde el principio que estas personas nos ocultaban algo; si es que mi olfato es infalible; en seguida sé cuándo una persona miente…

Las conversaciones entre los dos hombres mientras buscaban oro escondido en el interior de las casas era cada vez más irracional; parecía que según pasaba el tiempo iban perdiendo la poca capacidad mental que les quedaba. Pasaron toda la tarde rebuscando poniendo patas arriba las pequeñas viviendas, hasta que se sintieron frustrados y abandonaron la búsqueda para arremeter contra los prisioneros. Juliano se acercó al anciano y le arrancó el medallón que llevaba sujeto al cuello con una especie de cuerda fabricada en fibras vegetales.

- ¿Dónde está la ciudad del dorado? ¿Dónde escondéis el oro? Habla, viejo, o te saco los ojos con mi navaja —amenazaba el capataz cogiendo al anciano por una oreja, tirando fuertemente con su mano.

El anciano estaba asustado por lo que sucedía y no comprendía nada, no entendía lo que aquellos hombres querían. Todo el poblado miraba aquella escena, la mayoría aterrorizados, pero algunos jóvenes comenzaban a sentir una sensación desconocida, la rabia y la ira crecían en su interior. Era un pueblo pacífico que no conocía la violencia; todos se conocían, ya que formaban una pequeña comunidad. Para ellos la conservación de sus recursos era muy importantes el número de la tribu no solía aumentar; normalmente las parejas tenían dos, como mucho tres niños, así que el número era siempre más o menos el mismo.

La noche llegó enseguida y tuvieron que prepararse para pasarla en el poblado. Juliano encontró unas vasijas de barro con un licor dulce, con el que llenó su cantimplora sin decir nada al resto del grupo. Era un hombre al que le gustaba mucho beber, pero claro no quería dar una mala imagen delante del jefe. Una vez que el alcohol comenzó a hacerle efecto se transformó si cabe decirlo en un ser aún más despreciable. No paraba de meterse con los prisioneros, les insultaba, amenazaba y hasta escupía.

- La cosa se está poniendo muy fea; en cuanto Juliano se duerma creo que lo mejor es soltar a las mujeres y los niños, así por lo menos estos podrán ponerse a salvo —le comentó con voz queda Eulalio a Smith que asintió con la cabeza dando su conformidad.

Llegó a estar totalmente borracho y amenazaba constantemente apuntando con su arma a los indígenas que, gracias a que no acertaba a pasar el cerrojo para cargarla, se libraron de recibir un tiro. Después se sentó apoyándose contra un muro de piedra y en poco rato estuvo roncando. El magnate llevaba ya bastante tiempo haciendo lo propio y los dos producían unos amplios sonidos nasales al inspirar y expirar. Smith hizo una seña al Eulalio y los dos se levantaron despacio, acercándose en sigilo hasta el grupo de indios; les hicieron unas señas para que se mantuviesen en silencio y comenzaron a desatar a las mujeres. Los ronquidos de los dos hombres se escuchaban con claridad lo que quería decir que todo estaba en calma.

- ¡Quietos ahí sinvergüenzas! —gritó el gordo apuntándoles con su rifle.

Al parecer se había olido algo y estuvo fingiendo que dormía todo el rato, para ver qué era lo que tramaban.

- ¡Desertores, traidores, mal nacidos! Tenéis suerte de que no os pegue un tiro ahora mismo —les insultó muy encolerizado; el pulso le temblaba y en cualquier momento se le podía disparar el arma provocando el fatal desenlace.

Con tanto alboroto Juliano se despertó y rápidamente se dio cuenta de lo que estaba sucediendo. Entre los dos les amordazaron bien y les dejaron atados con el resto de prisioneros. La noche se hizo muy larga, algunos niños no paraban de llorar, pero al menos Eulalio consiguió sacar algo positivo, ya que intentó comunicarse con el abuelo de Nawi usando algunas palabras que recordaba del antiguo dialecto que utilizaban sus antepasados. Intentó tranquilizarlos y convencerlos para entre todos lograr liberarse y escapar. Pensaron en empujar todos a la vez para conseguir tirar el árbol, y así fue como lo hicieron. Los captores continuaban dormidos y todo el grupo con nogal incluido comenzó a caminar lentamente hacia las afueras del poblado, donde podrían camuflarse en la vegetación mientras que terminaban de soltarse los unos a los otros. La imagen era de lo más pintoresca, prácticamente rozaba lo absurdo; pero es lo más normal en este tipo de situaciones. Parecía escucharse la típica canción de piano que aparece en las imágenes de los primeros cortometrajes. Siempre pensamos en las escenas de acción de las películas, pero en la vida real incluso los sádicos chiflados como los dos hombres que los retenían, realizan sus actos de forma estúpida. Aunque la vida de alguien dependa de ello, normalmente todo se reduce a un absurdo juego, como el que realizan los niños de cuatro años jugando a indios y vaqueros. Intentábamos avanzar todos al unísono, tarea que no era nada sencilla, y cuando apenas nos restaban unos metros Juliano dio la voz de alarma. Los dos hombres parecían haber perdido el juicio y cualquier motivo les bastaba para dar rienda suelta a su demencia justificando los actos violentos. Ahora parecían más interesados en los dos hombres y los amenazaban continuamente con sus armas bromeando y jactándose de su situación. Como no conseguían atemorizar a Smith y aún amordazado les infería bastante terror, se cebaron con Eulalio que para eso era el más débil. Cuando se percataron de que este parecía comunicarse con los indígenas, le obligaron a preguntar por el medallón y por la ciudad perdida. De esta forma pudieron enterarse de la leyenda, aunque el anciano hizo hincapié en el hecho de que la ciudad estaba construida en piedra y no en oro, los dos hombres pensaron que les estaban mintiendo, que lo que trataban era de ocultar aquel tesoro.

Nawi, Kokori y Tami caminaban de regreso al poblado; esta vez habían rodeado la zona de la cascada y fueron muy precavidos en elegir buenas lugares donde pasar la noche. Los tres estaban muy felices; aunque la situación podía ser mejor, para ellos lo más importante es que estaban juntos de nuevo y regresaban al poblado sanos y salvos. Se encontraban caminando por la zona de bosque cercana a la aldea, un lugar que conocían muy bien en el que ya se sentían casi como en casa. Entonces oyeron unos ruidos, una especie de truenos que parecían proceder del pueblo; cuando se encontraron más cerca escucharon gritos y voces. ¿Qué era lo que estaba pasando? Nunca habían tenido ningún incidente en la comunidad y para ellos era desconocido todo aquello. Escondidos tras unos matorrales pudieron contemplar cómo dos extranjeros vestidos de forma extraña, como Roice y Mao, portaban algún tipo de arma con el que amenazaban continuamente a sus familiares y amigos. Todos los Tarazashi estaban atados formando un gran grupo. Era el momento de hacer algo. Los muchachos pensaron rápidamente un plan para liberar a los cautivos. ¿Pero cómo despistar a los dos hombres armados? Primero se cerciorarían de no encontrarse con más extranjeros escondidos cerca del poblado. Así que antes de actuar permanecieron inmóviles a la espera para ver lo que sucedía.

- Creo que hay algo merodeando en los alrededores —insinuó Kokori señalando una zona de matorrales.

- Si, ya lo sé, es Nazrat, lleva siguiéndonos todo el camino.

Los dos hombres comenzaban a impacientarse; querían que les llevasen cuanto antes a la ciudad del dorado, pero parecía que el anciano no estaba por la labor. No les quedaba mas alternativa que aplicar la fuerza, así que sacaron a uno de los niños pequeños del grupo y lo ataron a los travesaños de madera de una cerca. Entonces el jefe preguntó de nuevo dónde escondían el oro.

Desde el lugar donde se escondían pudieron ver cómo sacaban del grupo al hermano pequeño de Nawi. En ese momento estuvieron a punto de salir corriendo hacia sus captores para intentar reducirlos, pero sabían que contra aquellos extraños artilugios que utilizaban como armas no tendrían nada que hacer. Amordazaron al pequeño con los brazos en cruz y después de no obtener respuesta a su pregunta Juliano disparó. El tiro dio en el suelo a escasos metros del niño. Esta vez falló adrede, pero con lo mal tirador que era en cualquier momento podía hacer blanco aunque no lo quisiese.

- Se lo voy a preguntar una vez más: ¿dónde esconde el maldito oro? Tú, Eulalio, tradúceselo por si no le ha quedado lo suficientemente claro y dile que no sé cuantas veces más podré disparar sin dar en la diana.

Eulalio intentó que el anciano dijese algo, aunque fuese una milonga, así al menos ganarían algo de tiempo para salir del paso.

Todo el grupo comenzaba a estar muy nervioso; había algunas mujeres y niños que no paraban de llorar; Smith estaba muy cabreado y no paraba de proferir insultos a los secuestradores. El abuelo de Nawi aunque sabía que su deber era proteger la ciudad sagrada de personas como estas, no podía dejar que matasen a su nieto más pequeño, un niño delgaducho, con unos ojos grandes y brillantes, como solían ser todos los miembros de la familia cuando tan sólo contaba con cuatro años de edad. Así que dejó en manos del destino aquel asunto y contó la leyenda del santuario de los Tarazashi. Eulalio fue traduciendo:

Para el hombre experto que sabe caminar por la jungla, un día bastará para alcanzar el gran río que se encuentra al oeste. Por su orilla río arriba caminará y no tardará en encontrar el furioso nacimiento del mismo. Desde las alturas su caudal se precipita y con gran estruendo el agua se deposita. Un día más ha de caminar sobre el umbrío páramo, donde la niebla y la desesperación serán su única compañía. Si el corazón no le ha de traicionar sus deseos hasta el camino de la ciudad le ha de llevar.

- Bueno, ya era hora de que hablase; ahora que sabemos cómo llegar, nos llevaremos al anciano para que nos guíe y cogeremos a un grupo de porteadores; Eulalio y Smith también nos acompañarán, prefiero tenerlos bien vigilados.
- ¡Jefe!, ¿suelto al niño?
- Pégale un tiro a ese maldito bastardo, ya no nos sirve para nada.

Juliano se dispuso a cumplir las órdenes, con mucho gusto, mientras apuntaba con el rifle al pequeño se le podía ver una marcada sonrisa.

Nawi salió de su escondite y Kokori, que durante unos instantes no supo como reaccionar, saltó también a zona abierta y comenzaron a correr gritando hacia el tirador. Pero estaban demasiado lejos y este ni siquiera se percató. En aquel momento sonó un trueno y el arma escupió una bala que voló a una velocidad imperceptible para el ojo humano, con una trayectoria directa hacia el pecho del hermano pequeño de Nawi. En ese momento todos se rebelaron, se movían enfurecidos intentando soltarse de sus ataduras, pero no lo lograron. La bala estaba apunto de sesgar la vida del niño y Juliano soltó una carcajada. Un bulto negro apareció de la nada y con la velocidad del rayo saltó volando varios metros por el aire y se interpuso en el camino del proyectil parándolo con su cuerpo. El animal, un lobo de pelaje oscuro fue herido de muerte y se desplomó en el suelo a los pies del pequeño. Nawi y Kokori corrían enloquecidos, gritando con furia como auténticos depredadores. El espíritu del jaguar de los bosques les poseía.

- Yo me encargo de esos dos —dijo el magnate apuntando con su arma hacia ellos.

Juliano pasó el cerrojo de su rifle hacia atrás para introducir una nueva bala y después lo cargó llevándola hacia delante. Apuntó una vez más al pequeño que estaba aterrorizado, las lágrimas no paraban de brotarle de los ojos, mientras contemplaba a Nazrat, el lobo legendario que agonizaba a sus pies. Un nuevo estruendo sobresaltó a todos y del cañón del jefe gordinflón salió una hilera de humo. El proyectil alcanzó a Nawi, pero siguió corriendo como una exhalación. Del hombro izquierdo comenzó a chorrearle unas ristras de sangre que le bajaban hasta el codo, pero no dejó de correr. Únicamente pensaba en cómo recorrer la distancia hasta el tirador que apuntaba a su hermano; ni siquiera podía pensar en qué hacer después. Sentía un fuerte instinto animal, y si su dios le dejaba llegar a tiempo se lo comería. El gordo se dispuso a realizar un nuevo disparo; ahora tenia a Nawi muy cerca y era imposible que fallase. Entre tanto Juliano intentaba apuntar con precisión, pero no se decidía, no sabia si disparar a la cabeza del pequeño o al pecho. Primero apunto al tronco, pero pensó que quizás el disparo sólo lo dejaría herido, así que cambió de idea y apuntó a la cabeza, de esta forma seguro que lo dejaba seco de un sólo disparo. Con un esfuerzo sobrehumano y dejándose las muñecas en carne viva, Smith consiguió liberarse. Justo en el momento que Nawi estaba apunto de recibir un segundo tiro Eulalio se lanzó sobre él; atado al grupo, sólo consiguió rozar al jefe, pero fue suficiente para que errase el tiro. De un culatazo en la sien tumbó a Eulalio en el suelo y se dispuso a disparar de nuevo hacia los muchachos que se encontraban a unos pocos metros. Ahora Smith se puso en pie y el magnate pudo ver su enorme e inconfundible silueta por el rabillo del ojo. Se volvió rápidamente con su arma apuntándole de lleno. El guardaespaldas, que se encontraba a tan sólo cuatro metros, se abalanzó sobre él, pero antes de poder alcanzarle el arma hizo un nuevo disparo que le alcanzó en el pecho. Sin detenerse ni siquiera un instante agarró con su mano derecha el arma por el cañón y se la quitó de las manos, la elevó por detrás de su espalda como si se tratase de un bate de béisbol, chocó con una enorme fuerza contra la frente del jefazo. Se desplomó fulminado, una vez en el suelo le comenzó a brotar lentamente la sangre. Juliano permanecía concentrado intentando apuntar con precisión al cráneo del niño, pero antes de que pudiese apretar el gatillo, algo con una fuerza enorme le arrolló. Nawi rodó por el suelo con el capataz; el arma se le había ido de las manos y el joven enloquecido le golpeaba con todas sus fuerzas utilizando puños codos e incluso la cabeza. Ante tal lluvia de golpes Juliano perdió el conocimiento y entonces Nawi notó la mano de su amigo Kokori en su espalda:

- Déjalo ya, no merece la pena que te manches las manos con su sangre, la selva le dará su merecido.

32

El pequeño vehículo irrumpió tirando la valla abajo del aeródromo dirigiéndose a toda velocidad hacia la cabecera de la pista.
Tina, que aún pensaba que se trataba de una especie de juego, soltaba carcajadas con cada maniobra peligrosa. Por suerte conseguimos llegar de una pieza hasta la aeronave, pero los temblores
no cesaban, el suelo no paraba de moverse; en algunos lugares parecía licuarse con las vibraciones transformándose en una especie
de masa líquida sobre la que se formaba oleaje. Durante algunos
momentos las sacudidas eran menos intensas, pero enseguida au-
mentaban de intensidad, produciendo un malestar general, mareo,
nauseas y finalmente el vómito. Los pilotos esperaban pacientemente en el interior del aparato; encendieron los motores en cuanto nos vieron aparecer por el horizonte.

Tengo que decir que el profesor era realmente hábil al volante,
nunca vi a nadie conducir de tal manera. El avión aceleraba por la
pista; el copiloto asomaba medio cuerpo fuera, haciéndonos señas
para que nos acercásemos al avión. El pequeño coche que iba
dando tumbos conseguía acercarse durante algunos instantes, pero
enseguida se desviaba a causa de los continuos temblores y de las
enormes zanjas que se abrían tragándose el asfalto. El piloto del
jet realizaba constantemente maniobras para conseguir estabilizar
el aparato. La pista cada vez estaba en peores condiciones, y lo
que era peor, ya no quedaba mucho de ella. Yunacoshi consiguió
mantener el vehículo el tiempo suficiente para que el copiloto pudiese agarrar con fuerza a Tina. Dando un buen tirón la metió en
el interior. Entonces llegó el turno de mi hija Amaya, en el mo-

mento justo en el que se disponía a subir el coche realizó un movimiento brusco separándose varios metros para evitar caer en uno de los enormes socavones. Amaya perdió el equilibrio pero pude agarrarla de un brazo y sentarla en su sitio. Esto nos advirtió de que no se trataba de ningún juego, nos estábamos jugando la vida y además contrarreloj, ya que si la aeronave llegaba al final de la pista y no conseguía elevarse todos desapareceríamos engullidos por la bola de fuego que se crearía con el accidente.

De nuevo en posición, el pequeño vehículo eléctrico se acercó al máximo de velocidad y Mao hizo todo lo posible por mantenerlo estable. Esta vez se propuso conseguirlo a toda costa. Entonces el copiloto sacó el cuerpo de nuevo por la puerta y ayudó a Amaya; después, sin perder un instante, subí yo. Desde el interior todos sacábamos las manos intentando agarrar al profesor. Cuando ya casi lo teníamos vimos el fin de la pista a pocos metros y tras él una enorme fosa, donde perfectamente podría caber un trasatlántico. El copiloto dio la orden de despegar por el intercomunicador; el capitán abrió gas a fondo y tiró suavemente de los mandos. La cara del profesor era un poema; justo en el momento en el que el cochecito se precipitaba por el abismo, el avión despegaba y entre el copiloto, Amaya y yo, conseguimos sujetar a Mao en el aire, que durante unos segundo permaneció volando fuera del aparato.

Una vez todos a bordo pudimos por fin tranquilizarnos. En ese instante fue cuando acusamos la pérdida de mi madre. Tina, que era la más sensible, se puso a llorar. Las tres estuvimos llorando un buen rato, recordando tantos momentos buenos que pasamos juntas, pero después de descargar la pena sentimos una sensación reconfortable al encontrarnos las tres unidas.

El vuelo transcurrió sin incidentes; el clima continuaba estable y lo único preocupante era el silencio que se mantenía por radio; nos transmitía la sensación de ser los únicos seres vivos sobre la tierra. El punto de encuentro no se encontraba ya muy lejos; el navegador lo marcaba con un punto rojo, justo indicando el lugar que marcaban las coordenadas. Después de varios minutos el piloto avisó de que estábamos sobrevolando el lugar indicado.

- No se ve absolutamente nada —le comenté al comandante.

- Espere, descenderemos un poco más —contestó atravesando la densa neblina.

De inmediato pudimos contemplar las pequeñas casitas que formaban el poblado de los Tarazashi. Se encontraban en medio de un claro, una minúscula porción de terreno rodeado por la inmensidad de la selva.

- ¿Dónde vamos a aterrizar?

- Eso llevo yo preguntándome desde hace un buen rato.

- ¿No será mejor buscar algún aeródromo cercano y luego llegar hasta el poblado caminando?

- Realmente sería lo más sensato; el problema es que la luz de alarma que indica la falta de combustible lleva encendida un buen rato. Tendremos que intentar aterrizar en la pequeña pradera, pues mire hacia donde mire sólo verá ese inmenso mar de árboles.

Nos deseamos suerte y salí de la cabina, me senté en mi sitio y le dije al profesor y a las niñas que se abrochasen los cinturones, pues íbamos a tener un aterrizaje algo movidito. La aeronave realizó un par de vueltas más; después, los motores dejaron de sonar; se hizo una especie de silencio; los silbidos del viento chocando contra la estructura metálica se hacían cada vez más audibles. La velocidad del avión aumentaba; mientras, en la cabina se escuchaban las conversaciones de la tripulación intentando realizar un aterrizaje de emergencia. Era un avión con poca superficie halar, diseñado para volar a altas velocidades y desde luego no planeaba nada bien. La porción de terreno donde debía posarse era minúscula y el viento alertaba con su sonido de la gran velocidad que llevábamos. Maldición pensé: ¿en qué momento se me ocurriría ver aquella maldita serie de catástrofes aéreas? Supongo que tendría que pensar en cosas relajantes, pero por más que lo intentaba, por mi mente no pasaba más que esa escena en la que se ven los pedazos de un 747 formando una lengua de llamas en mitad de la selva. Los asientos comenzaron a vibrar; después llegaron varias sacudidas, tan violentas que si no fuese por los cinturones de seguridad hubiésemos dado con las cabezas en el techo. No me imagino lo que debían de estar pasando en la cabina. En aquel momento tocamos tierra; el primer impacto fue brutal; el tren de aterrizaje no soportó el impacto y se quebró; después el fuselaje golpeó el suelo por la zona de la cola; el enorme golpe hizo reventar las ventanillas y de repente se hizo el caos. Piedras, tierra y todo tipo de objetos entraban en el interior; el aparato daba tantas vueltas que parecía que estuviésemos dentro de una lavadora. Tan pronto estábamos panza arriba como boca abajo. Era como si el avión no fuese a parar nunca, tenía la sensación de estar rodando por toda la selva. Luego de un último golpe nos paramos al chocar de morro contra los árboles.

- ¿Estáis todos bien? —escuché la voz del comandante.
- Sí, aquí todos bien, y ¿ustedes?

Por fortuna, nos encontrábamos todos sanos y salvos, con múltiples contusiones, pero sin ninguna herida grave. Una vez fuera del amasijo metálico, vimos la pequeña zona de aterrizaje y las marcas que como un arado había dejado el avión sobre el terreno.

No se veía un alma por ningún lado; el pueblecito parecía estar desabitado. Tal vez Nawi y Kokori no pudieron esperar más y decidieron partir cuanto antes hacia el santuario. Caminamos entre las casas, contemplando tan sencillas y singulares construcciones. Daba la sensación de que todos hubiesen salido corriendo dejando las cosas que estaban haciendo. Más tarde escuchamos algo; nos apresuramos y corrimos hacia el centro del poblado; entonces nos encontramos con una extraña escena que tardamos varios minutos en asimilar. Por un lado se encontraba todo el poblado atado; mientras Kokori los desataba, Nawi corría hacia un niño que parecía estar crucificado; a sus pies un pero grande de pelo negro con una mancha blanca en el pecho parecía muerto. Pero lo más extraño de aquella escena eran cuatro hombres blancos, vestidos con ropa normal, dos de ellos tirados en el suelo, un grandullón sentado con las manos llenas de sangre apoyadas en el costado, el cuarto parecía un indígena vestido con ropa occidental.

Kokori que enseguida nos reconoció nos dio la bienvenida. Lo primero que hicimos fue preguntarles por lo sucedido y en seguida nos contaron la historia de aquellos hombres dueños de la maderera trastornados por el odio y la codicia. Habían estado a punto de matar al hermano de Nawi, pero por suerte consiguieron reducirlos. La verdad es que la mayoría de ellos no se encontraban en condiciones de afrontar la travesía por la selva hasta llegar al santuario. De una u otra forma debíamos partir lo antes posible, aunque no sabía de qué forma íbamos a llevar a los ancianos y a los niños. Por si esto era poco también cargaríamos con el hombre herido de bala.

Eulalio nos habló sobre su familia y la enfermedad de su hijo y nos pidió que les esperásemos, ya que había oído hablar de los poderes curativos de la reliquia. Ya íbamos con mucho retraso y tal vez no tuviésemos tiempo suficiente para devolver el viejo artefacto al lugar que le correspondía; había muchas posibilidades de terminar todos muertos. La vida sobre la tierra estaba a punto de desaparecer, quedando únicamente un planeta inerte similar a Marte o Venus.

- Eulalio, no puedo prometerte nada, lo único que puedo decirte es que tardaremos dos o tres días en llegar al santuario, lugar desde el que partiremos. Si en ese plazo eres capaz de reunirte con nosotros...

- Allí nos veremos —dijo con mucha seguridad—. Nada mas terminar de decir estas palabras salió corriendo montaña abajo.

El animal saltó volando varios metros por el aire; quizás sabía lo que estaba sucediendo; tal vez se guiase exclusivamente por sus sentidos. De cualquier forma, se interpuso decididamente entre el pequeño y la bala. El proyectil le atravesó el corazón y sintió de nuevo aquella antigua sensación; notó cómo la vida se le escapaba. El lobo que había decidido vivir con los hombres, el viejo animal al que el dios de los Tarazashi había concedido la vida eterna asombrado por su nobleza, ahora yacía agonizando en el suelo. ¿Quién puede saber cuales fueron sus últimos pensamientos, cuáles sus recuerdos? Nació en aquellos bosques hacía ya tantas lunas que ni él lo recordaba. Conoció a los hombres cuando llegaron por primera vez a estas tierras y en seguida se creó una especie de vínculo.

Nawi cogió en sus brazos al mítico animal y lo depositó en el socavón que las raíces del árbol arrancado dejaron en el centro de la pequeña pradera. Con sumo cuidado lo colocó sobre la tierra y mientras echaba tierra sobre él comenzó a cantar una vieja canción que narraba las proezas de aquel lobo que había decidido vivir entre humanos. Todo el poblado formó una fila aguardando el momento para poder tocar y despedirse del animal. El abuelo de Nawi se inclinó sobre el cadáver y acarició su piel. Desde niño había escuchado las historias de Nazrat; muchas veces había soñado con ellas y siempre que se adentraba en el bosque sentía su presencia.

-   Descansa viejo amigo, descansa —con estas palabras se despidió.

Con la mayor de las prisas estábamos organizando todo para comenzar la travesía. Había que coger lo más imprescindible: bebida, algo de comida y algunas otras cosas. Fuimos apilando todos los enseres en el centro de la plaza; parecía que estábamos montando un mercadillo. Una vez más la tierra comenzó a agitarse, esta vez nos encontrábamos en una zona despejada en la que no había más peligro que la tierra se separase engulléndonos, pero por suerte nada de eso sucedió y pronto el movimiento cesó. Al mirar hacia el conjunto de víveres eché algo en falta. Los dos hombres que permanecían sentados en aquel lugar con las manos atadas habían desaparecido. Miré a mi espalda y pude verlos fugazmente corriendo hacia la arboleda.

- Nawi, se han fugado los dos hombres blancos —le comenté algo nerviosa, pero él me miró de forma calmada, con una especie de brillo en los ojos que encerraba algo y me dijo que seguramente era lo mejor para todos; ahora estaban en manos del bosque.

- La selva los juzgará…

Ni siquiera entre ellos se ponían de acuerdo. Cada uno salió en una dirección y en seguida Juliano, que se las daba de experto, se encontró perdido bajo aquel enorme mar verde. En algunas zonas la luz del día apenas penetraba y tenía que caminar prácticamente a tientas. Los ruidos que los animales salvajes producían le atemorizaban. Para un Tarazashi el bosque es como un huerto, un vergel donde la naturaleza les provee de todo lo necesario; en cambio, para el inexperto Juliano aquello se asemejaba más al infierno. No tardó mucho en quedar desfondado, sin fuerzas para caminar; su mente le decía que lo mejor era sentarse a descansar. Se recostó sobre un tronco seco y de repente notó unos fuertes picotazos; se trataba de hormigas; parecía que en este lugar hasta los animales más insignificantes iban bien armados. Corrió dándose golpes por todo el cuerpo, intentando quitarse de encima los pequeños insectos. Dos o tres hormigas se le habían metido por el interior de la camisa y no paraban de picotearle por toda la espalda. Se adentraba sin darse cuenta cada vez más en la inmensidad del bosque y esa vez fue la última vez que se tuvo noticias de él. Como se solía decir cuando una persona inexperta se adentraba en la selva y no volvía a vérsela: *"La jungla se lo tragó"*.

35

Desde el mismo instante en que la vio llegar, una especie de luz se encendió en su interior, una sensación desconocida, como si tuviese sed pero el agua no la aplacaba. El estómago lleno de flores o mariposas que revoloteasen; no podía tomar bocado. Se sentía torpe y estúpido cada vez que ella le miraba; no era capaz de mantener el paso y comenzaba a caminar de forma desordenada. Ella siempre le observaba y le sonreía. Ahora se daba cuenta de lo que tuvo que pasar Kokori, a él nunca le habían afectado estas cosas y pensaba que eran tonterías; pero cada vez que intentaba entablar conversación con Amaya el corazón le comenzaba a latir con fuerza, su rostro se ponía colorado y la voz le temblaba.

Nawi y Kokori marchaban a la cabeza del grupo ya que eran los únicos en conocer el terreno. Cruzaban por el bosque en dirección noreste, pues de esta forma bordearían la zona de la gran cascada, y aunque el camino podía ser algo más largo, era desde luego más sencillo y seguro. Farfalá se acercaba de vez en cuando a Kokori para llevarle agua o fruta, pero no permanecía mucho tiempo junto a él; apenas intercambiaban unas palabras cada vez. Los dos muchachos eran muy vergonzosos y se sentían observados por todo el poblado. En cambio, Amaya caminaba todo el rato junto a Nawi y no paraban de hablar en todo el camino. La comunicación, debido a la diferencia de idiomas, no era muy buena, pero con las pocas palabras que había aprendido Nawi y mediante gestos conseguían entenderse. El muchacho le enseñaba muchos trucos: cómo algunas hojas en forma de copa retienen el agua de lluvia y puede ser utilizada, o qué frutos son comestibles y cuáles no. Los dos chavales fueron tramando una fuerte amistad, aunque

Nawi tenía sentimientos más profundos que no se atrevía a desvelar. Se sentía bien simplemente caminando junto a ella; era la última persona en la que pensaba antes de dormirse y a la primera que deseaba ver nada más despertar.

El camino se hacía duro, especialmente para ancianos y niños; caminaban durante todo el día y solo paraban por la noche, ya que caminar sin visibilidad no era una opción; la jungla escondía infinidad de trampas mortales y era mejor andarse con cuidado. Pese a todo ello, los niños siempre encontraban algún momento para jugar, sobretodo Tina y Tami, que aunque no se sabe cómo lograban entenderse pasaban todo el día juntas jugando. Tina era una niña muy sociable y le costaba poco hacer nuevas amistades. Roice las observaba sin que se diesen cuenta y pensaba en la curiosa situación. Su hija estaba jugando con una niña descendiente directa de los antiguos atlantes; era algo así como si alguien viajase en una máquina del tiempo ocho mil años atrás y se encontrase directamente con sus ancestros. El profesor también estaba muy asombrado y no paraba de tomar notas con todo lo que aprendía. Solía caminar todo el día junto al abuelo de Nawi quien le contaba muchas historias de los antiguos; cuando disponía de algún instante las pasaba a su libreta. En algunos momentos olvidaban la situación en la que se encontraban y se sentían felices, como si estuviesen de excursión.

Una nueva sacudida nos pilló a todos por sorpresa, los viejos árboles no aguantaban las envestidas y cedían bajo su peso; al caer producían un gran estruendo, y pedazos de madera fragmentada salían disparados en todas las direcciones como metralla.

- ¡Socorro, auxilio! —se escuchó una voz gritar.

Smith era el último del grupo; conseguía seguirlos gracias a su fuerza de voluntad, pues su herida era grave y una infección parecía extendérsele por todo el costado. Escuchó aquella voz familiar a escasos metros tras de sí. Se volvió y se acercó a ver lo que sucedía. Su antiguo jefe, aquel hombre grotesco y gordinflón, se había caído en una de las grietas provocada por el terremoto. Permanecía agarrado a las cepas de los árboles que emergían desenraizadas.

- Smith ayúdeme a subir —infirió con voz de mando.

El guardaespaldas permaneció dubitativo durante algunos segundos. Después de la que habían liado en el poblado y de pegarle un tiro se atrevía a darle órdenes.

- Me cago en todo. ¿A qué leches estás esperando?

Parece que aquel hombre no era capaz de comprender el significado de algunas palabras. Para él la cortesía, la educación e incluso la amistad eran conceptos totalmente desconocidos; desde niño había estado acostumbrado a ordenar y exigir que le diesen lo que deseaba. Ya desde bien pequeño maltrataba al servicio y para él las personas no eran más que una especie de ganado que podía comprarse con unas cuantas monedas.

Smith le miró a los ojos y le dijo sonriendo:

- Que tenga suerte, apáñeselas usted mismo.

Esto enfureció al magnate y comenzó a proferir todo tipo de palabras malsonantes; tanto énfasis puso en sus insultos que se olvidó de la situación el la que se encontraba y las manos le resbalaron haciéndole caer al abismo. Sus últimas palabras fueron una retahíla de blasfemias que se escucharon cada vez más lejos hasta perderse definitivamente en las entrañas de la tierra.

37

Tres días era todo de lo que disponía. En tan poco tiempo tendría que llegar hasta su pueblo, recoger a su familia y regresar al punto de partida donde le estarían esperando. Era la única esperanza para su hijo y quizás también la de todos ellos. Desde niño sabía desenvolverse muy bien en la selva y siempre encontraba los mejores senderos. Cruzaba por el bosque como un ciervo, a gran velocidad, pensando siempre por dónde seguir camino y marchando todo el tiempo a una velocidad uniforme. Para cruzar por aquellos terrenos había que dejar la mente en blanco y formar parte del bosque; el propio lugar le hablaba diciéndole por dónde tenía que avanzar. No era cuestión de ser un atleta, ni de utilizar la lógica, era simplemente dejarse guiar por el espíritu de la naturaleza. Eulalio siempre había escuchado esta voz que le hablaba; su padre y su abuelo le enseñaron este secreto. Durante muchos años trabajó como leñador cortando árboles centenarios, arrasando inmensas zonas de selva, pero el bosque no le guardaba rencor, seguía hablando con él como cuando era un niño.

El paisaje iba cambiado y poco a poco predominaban más los arbustos; era el signo inequívoco de que estaba abandonando la selva y comenzaba a descender por el monte. A lo lejos vio algo moverse entre los matorrales, una mancha blanca; cuando se encontró más ceca pudo darse cuenta de que se trataba de un caballo. Era un precioso corcel totalmente blanco, sin ningún tipo de atadura, estaba completamente suelto. Tal vez se trataba de algún animal que por causa de los seísmos había podido escapar de algún cercado, pero cuando se acercó más y lo pudo examinar detalladamente, se dio cuenta de que aquel animal, no tenia herraduras, marcas de hierro en sus cuartos traseros y debía de tratarse por fuerza de un caballo salvaje. Era muy extraño ver a uno de estos animales solo lejos de la manada. En condiciones normales no sería buena idea acercarse, ya que pueden ser muy violentos y agresivos al sentirse amenazados. Pero de alguna manera Eulalio pensó que esto era una señal, una señal divina y que no se trataba de una mera casualidad. Quizás su dios estaba observándole, tal vez siempre lo hizo y ahora que había cogido el camino correcto le ayudaba dándole lo que necesitaba para llegar hasta su familia. Se aproximó muy despacio consiguiendo tocar el hocico del precioso animal y después el mustang inclinó su cabeza como si le hiciese una reverencia a la vez que le invitaba a montar. Subió a la grupa, con mucha cautela, ya que era un animal fuerte y grande e imponía mucho respeto. Una vez sobre él comenzó a galopar a una velocidad increíble, parecía saber que no disponían de mucho tiempo. Eulalio intentaba mantenerse sobre el lomo pero continuamente se deslizaba hacia los flancos y estuvo a punto de caer en varias ocasiones. A medida que pasaba el tiempo jinete y montura se compenetraban a la perfección galopando raudos como el viento en perfecta simbiosis. El animal volaba sobre el terreno irregular, y saltaba pasando sobre la mayoría de obstáculos. A la velocidad a la que se desplazaban no tardarían más de algunas horas. Un lejano estruendo les alcanzó; después la tierra comenzó a moverse de nuevo, el caballo, que corría como una exhalación, perdió el equilibrio y los dos rodaron por el suelo. Eulalio sentía dolor por todo el cuerpo, pues tenía magulladuras por todas partes, pero al ponerse en pie se hizo un auto-chequeo y comprobó que no tenía ninguna fractura. Entonces vio al caballo tirado en el suelo unos metros más adelante y se temió lo peor, pues permanecía totalmente inmóvil. Se acercó rezando para que estuviese bien, pero al mismo tiempo a su cabeza sólo llegaban imágenes espantosas; imaginaba que en cualquier momento se encontraría con un charco de sangre y vería los huesos quebrados asomando en la carne desmembrada. El equino yacía inmóvil sin heridas visibles, pero su cabeza estaba algo retorcida, descolocada, fuera de su lugar: clara evidencia de que se había partido el cuello. Triste final para tan magnifico animal, pensó; se agachó arrodillándose ante su cuerpo y le acarició la frente dándole las gracias por haberle dejado montar a su grupa. Después se despidió y comenzó a caminar de nuevo hacia el sur.

En cuanto salió de entre la vegetación reconoció el camino de greda amarilla y cantos redondeados que llevaba hasta su pueblo. Estaba ya muy cerca y nada más despuntar la loma distinguió las casitas. Al ir acercándose la imagen de la aldea se volvía más nítida y se podía apreciar los estragos que los temblores habían caudado en las edificaciones. La mayoría se encontraban semiderruidas, los techos y gran parte de sus muros se habían venido abajo. Entró por la calle central y a la vez que contemplaba el desastre, le llegaban recuerdos de los días de esplendor, cuando se festejaba la llegada de la primavera; cuando todo el pueblo se engalanaba con vivos colores y los ramos de flores, tomillo y romero que se engarzaban en las puertas de las casas difundían sus fragancias florales por sus calles. Un dolor punzante le golpeó en el corazón; por su mente pasaron nuevamente las imágenes de la tragedia e inevitablemente barajó la posibilidad de que su familia hubiese sucumbido al caerles el techo encima. De nuevo la adrenalina le hicieron correr y nada más doblar la esquina se encontró de frente con su casa. No quedaba gran cosa: un amasijo de ladrillos de adobe que él mismo había fabricado con barro y paja dejándolos secar al sol a la orilla del río. Se puso a escarbar con las manos, intentando encontrar bajo aquella escombrera a su familia. Arrancaba la tierra separándola parte a parte con sus manos, dejándose en ella la piel y la esperanza. Varias horas rebuscó entre los cascotes, pero no halló el menor indicio de vida. Continuó cada vez más desesperado sacando fuerzas de flaqueza. La campana de la iglesia sonó una vez, quizás empujada por el viento; después repicó dos veces más, y entonces dejó lo que estaba haciendo y se dirigió a toda prisa hacia el templo. La tierra volvió a revolverse, dando unas fuertes sacudidas. Se dirigió caminando a duras penas intentado no perder el equilibrio. La campana sonaba con enorme fuerza, dadas las sacudidas que el campanario estaba recibiendo. Cuando se encontraba a unos cuantos metros de la puerta, cruzando la pequeña plaza ajardinada que daba acceso a la parroquia, pasaron por su mente recuerdos fugaces de aquel lugar fuente de tantas celebraciones, su comunión y su boda y la de tantos amigos del pueblo.

El suelo no paraba de sacudirse como un perro pulgoso. Una grieta recorrió la fachada del edificio desde su base hasta lo más alto del campanario. El enorme nido de cigüeña se vino a bajo y seguidamente la enorme campana de bronce cayó repiqueteando. Eulalio se tuvo que tirar a un lado para no ser aplastado. El enorme objeto metálico quedó posado a unos escasos centímetros. Se levantó con esfuerzo, pues el seísmo no cesaba y empujó los enormes portones de madera tallada que daban entrada al santo recinto. La luz coloreada por las vidrieras iluminaba el interior y pedazos de techo llovían sin cesar. En el interior encontró un grupo de gente. Muchos devotos pensaron que estarían protegidos en aquel santuario. Llamó a gritos a su mujer y del grupo apareció sana y salva con sus dos hijos. Llevaba al pequeño Eula en brazos, que a causa de su enfermedad parecía haber encogido; estaba muy enclenque y delgaducho y no tenía fuerzas para caminar. Eulalio corrió hacia ellos y se dieron un fuerte abrazo. Durante unos segundos se olvidó de la situación e incluso hacía caso omiso a los cascotes que le caían sobre la espalda.

- Tenemos que salir de aquí, la iglesia no aguantará mucho…

Algunos vecinos se negaban a abandonar el lugar, pero en cuanto vieron las enormes grietas crecer extendiéndose por todas las pareces pusieron pies en polvorosa.

Una vez fuera, Eulalio les dijo que sólo los que le siguiesen tendrían alguna oportunidad de salvarse. Les contó rápidamente la historia del santuario de los Tarazashi y sobre todo les alertó del poco tiempo del que disponían.

El grupo que partió con Roice tiene que encontrarse ya muy cerca de la ciudad perdida y no podían esperar por Eulalio, ya que de ellos dependía que los portadores retornasen la reliquia al santuario y de esta forma conseguir salvar el planeta.

¿Cómo conseguirían llegar a tiempo? Eran demasiados y tenían que buscar un medio de transporte rápido en el que todos tuviesen cabida. Recordó entonces el camión de León del que tanto presumía. Era un camión bastante antiguo, pero tener carné de conducir y además camión propio era algo muy relevante dada la pobreza de los habitantes de la aldea. El hombre tenía algunas tierras y se dedicaba a cultivar melones que después llevaba en su camión vendiéndolos por los pueblos. También hacía todo tipo de transportes, ya que alquilaba sus servicios para trasladar cualquier mercancía. La verdad es que era la envidia de la mayoría de aldeanos. Además de tener un medio de transporte motorizado ganaba un buen dinero arrendando sus servicios. El suelo se calmó y fueron a buscar al dueño del camión, pero su casa estaba derruida y de entre los escombros pudieron ver el cuerpo sin vida de León. Eulalio corrió entonces a la parte trasera bordeando la enorme montaña de adobes y encontró el flamante camión intacto. Su dueño lo mimaba más que a sus propios hijos y aunque era un modelo con muchos años estaba impecable. Subió a la cabina y encontró las llaves puestas; en el pueblo se conocían todos y escapaba a su entendimiento que en las ciudades las personas tuviesen que guardar sus pertenecías bajo llave para que otros no se apropiasen de ellas. Con un giro suave dio media vuelta a la llave y el camión arrancó a la primera. La familia de Eulalio subió con él en la cabina y el resto de paisanos subieron en la parte trasera del camión. Era de caja descubierta, con unos listones separados de madera, que la formaban. Nadie puso ninguna objeción pues Eulalio era el único que conocía el lugar al que se dirigían y posiblemente también era el único que sabía conducir. En la explotación maderera había utilizado maquinas y camiones en algunas ocasiones. Tocó el claxon dos veces para que todos se sujetasen bien y salió a toda prisa. Les quedaba un largo recorrido. Al lugar al que se dirigían no había carreteras ni caminos, pero utilizando su intuición fabricó un plano en su mente en el que bordearía gran parte de selva atravesando por pistas construidas por la compañía maderera y las intercalaría con zonas de llanura que el potente camión podría atravesar. Si todo salía correctamente llegarían muy cerca del punto de encuentro. Todo parecía marchar a las mil maravillas, no encontraban trafico por la carretera del norte, todo parecía estar en calma; sólo cuando pasaban en las proximidades de alguna población eran testigos de la catástrofe al ver todas las edificaciones derrumbadas. No se veía un alma por ninguna parte, todo el mundo salió huyendo no se sabe a donde. Eulalio tenía que estar muy atento a la calzada ya que de vez en cuando aparecía algún enorme socavón con los que era mejor andarse con cuidado. Saliendo de la ciudad de Aguas Fuertes, el vehículo se paró sin más. Todo parecía estar correcto, el indicador de temperatura justo en el centro marcando 90º, el de gasolina pasando de la mitad y la carga de la batería era la correcta.

- ¿Por qué nos paramos? ¿hemos llegado ya? — preguntó uno de los hombres que marchaba erguido agarrándose a los paneles de madera en la parte trasera.

- Parece que tenemos alguna avería; no estoy seguro, todo parece funcionar bien, pero el motor no quiere arrancar.

- Ese chiflado de León no sé qué anduvo haciendo en el camión. Últimamente parecía haberse vuelto loco. Caminaba de un lado para otro divagando, hablando consigo mismo. No hace muchos días me dijo que tuvo una premonición, una pesadilla en la que el mundo entero se venía abajo. Decía que todo era culpa nuestra, culpa de los hombres y de su forma de pensar.

Esto no le aclaró nada a Eulalio, que bajó a echar un vistazo al motor; levantó el enorme capó de chapa anaranjada y buscó la barra que lo sostenía levantado. Después se quedó sorprendido al ver un montón de tubos y cables instalados de forma chapucera, que iban de un lado a otro rodeando todo el motor. Por lo visto el viejo propietario no sólo había tenido sueños con el fin de los tiempos, también le estaban llegando una especie de mensajes extraños, entre los que se encontraba el de modificar el motor de los coches para que no emitiesen ningún tipo de contaminación. Había añadido al vehiculo unos cuantos aparatos, piezas de un horno microondas, una bolsa de aspiradora, un extraño cilindro de porcelana y un carburador de gas. Según él, seguía las instrucciones que le dictaban seres superiores transmitidas desde otro planeta. Lo más probable es que con la edad y su gran afición al anís hubiese desarrollado algún tipo de enfermedad mental. Pero Eulalio observó durante unos minutos toda aquella maraña de tubos y dedujo que algo estaba obstruyendo el circuito. Sacó la bolsa de aspiradora, una de esas de papel que se tiran a la basura una vez llena, y efectivamente, la bolsa se encontraba repleta. Estaba llena de carbonilla. La vació en el suelo haciendo un montoncito de hollín, y después la colocó en su lugar. Se subió de nuevo al camión y dio el contacto, el motor arrancó nuevamente a la primera y Eulalio dijo sonriendo:

- ¡Viejo chiflado! Es increíble.

Bajó un momento para cerrar el capó y rodeó el camión confirmando sus sospechas al mirar el tubo de escape del mismo. Por lo visto León había descubierto la forma de modificar los motores de explosión para que no emitiesen ningún gas contaminante. Utilizando el magnetrón del horno microondas de su casa, calentaba el combustible dentro de un catalizador cerámico, donde las moléculas se separaban, dejando por un lado el carbono y por otro el hidrogeno. Luego no tenía más que utilizar el hidrógeno puro mediante un carburador de gas y, de esta forma, no emitía gases contaminantes. Todo el carbono, que al quemarse formaría el contaminante CO_2, quedaba atrapado en la bolsa de aspirador y podía ser devuelto a la tierra en forma de carbón. Desde luego, si esta solución se hubiese aplicado antes, seguramente el planeta no se encontraría en la situación actual.

La oscuridad bajó desde las cumbres y casi de inmediato el cielo se cubrió de brillantes estrellas. Eulalio encendió las luces del camión, activando también los focos especiales que llevaba sobre la cabina; ahora no tenía que preocuparse por cumplir las normas de circulación. Aunque la iluminación era excelente, no hay nada como la luz natural para ver con claridad si aparecía alguna zanja de repente.

El pequeño Eula no dejaba de tiritar; la fiebre le estaba haciendo tener continuas pesadillas, y de vez en cuando, se despertaba gritando. Su madre, que lo sostenía entre sus brazos, los calmaba y el niño que apenas podía mantener los ojos abiertos se volvía a dormir. La mujer le contó a su marido con detalle todo su peregrinar de médico en médico, hasta gastarse el último céntimo del que disponían, pero todo fue en vano. Habían perdido todos sus ahorros intentando salvar al pequeño, pero eso no les importaba, cualquiera de ellos hubiese dado su vida para salvar a su hijo. Desgraciadamente lo único que podía curarle era una operación en el gran hospital de la capital y el precio era tan elevado que aun trabajando todos los días durante cien años no lograrían pagarlo. Pero después de descender hasta los infiernos, ahora emergían de nuevo guiados por la fe y la esperanza de que el Eula fuese sanado por los místicos poderes de la reliquia. Sólo esperaban llegar a tiempo; si las cosas marchaban como hasta ahora lo conseguirían.

Tras la primera noche sin parar de conducir Eulalio comenzaba a perder la percepción de la realidad y veía alucinaciones continuamente: romeros caminando con flores por medio de la carrete-

226

ra, e incluso le pareció ver a su abuelo montado en su asno fiel, tal y como lo recordaba cuando regresaba de trabajar en el campo. ¿Cuánto tiempo llevaba sin dormir? Se preguntó, y comenzó a echar cuentas. Seguramente más de tres días, y entonces el sueño comenzó a atacarle.

- ¡Eulalio, Eulalio! ¿Te encuentras bien? —le preguntó su mujer al verle dar una cabezada.

Entonces sacudió bruscamente la cabeza para despejarse. No quería preocupar a su mujer, así que asintió con la cabeza, para confirmar que se encontraba en perfectas condiciones.

La llegada de la claridad de la mañana fue disipando aquellas visiones e insufló algo de vitalidad al hombre. Detuvo el camión, y los pasajeros que marchaban en la parte trasera se levantaron para ver lo que sucedía. El camino terminaba sin más junto a una zona de bosque.

- ¿Y ahora qué hacemos? —preguntó uno de los hombres desde atrás.

- Tenemos que continuar hacia el norte atravesando la campiña que se extiende a nuestra derecha; depués nos cruzaremos con una de las pistas de la compañía maderera, la N-190 que es la que llega más al norte.

- Pero, ¿cómo vamos a cruzar campo a través?

- Con mucho cuidado y rezando para que todo salga bien.

Eulalio salió del camino y comenzó a rodar sobre una zona pedregosa a una velocidad muy lenta. Tenía que fijarse bien por donde pasaba, pues sobre una zona demasiado blanda el camión podía quedar atascado y sobre un terreno con piedras demasiado grandes podían sufrir una avería. Sujetaba el volante con la yema

227

de los dedos, con mucha suavidad, permitiendo que las ruedas fuesen buscando su camino. Era un transporte pesado y lento, pero de una dureza increíble; ya no se fabricaban vehículos así. Marchaban a una velocidad de unos diez kilómetros por hora y ya habían superado la mitad del recorrido cuando se encontraron con una zona más llana donde no crecía ningún tipo de vegetación. Este lugar no le inspiraba ninguna confianza; el terreno estaba formado por una especie de lodo seco endurecido al sol y toda la superficie estaba cubierta con una especie de escamas. El problema era que bajo su apariencia seca, se escondía un terreno arcilloso y en cualquier momento podían quedar atrapados. Miró al horizonte un instante apartando la vista del suelo y divisó la carretera cruzando de derecha a izquierda en una perfecta línea paralela. Lo estaban consiguiendo. Una vez en la pista ya solo les quedaría afrontar el tramo final. Pensaba constantemente en el grupo que marchaba junto a los Tarazashi que a estas alturas estarían ya muy cerca del lugar de encuentro. Eulalio rezaba para llegar a tiempo, esperando que todo su esfuerzo no fuese en balde.

Sintió un dolor punzante como si le hubiesen golpeado con mucha fuerza en la espalda y tubo que hacer un gran esfuerzo sujetando fuertemente el volante con las manos para no darse con él en la cabeza. El camión se había detenido en seco, las dos ruedas delanteras se hundieron, el parachoques llegó a tocar en el suelo. Sus peores temores se hacían realidad: el engañoso aspecto sólido de la superficie secada al sol escondía una auténtica trampa.

- ¿Están todos bien? Hay que darse prisa, necesito ayuda, tenemos que desenterrar los neumáticos cuanto antes.

Varios hombres y mujeres se pusieron junto a Eulalio sacando tierra con las manos para desbloquear las ruedas. Era una tarea enorme ya que debían de retirar una gran cantidad de arena, dejando libre toda la parte frontal. Cavaron con sus manos desnudas; eran personas curtidas en el campo y escarbaban con fuerza. Dejaron una inclinación progresiva, una rampa por la que el vehículo debía subir para conseguir salir del socavón. Cuando todo estuvo preparado, Eulalio montó de nuevo en la cabina, mientras que el resto empujaban por la parte trasera.

- Venga vamos, con suavidad; vamos, un poco más, ya casi está —le hablaba el conductor al camión.

Las enormes ruedas fueron subiendo lentamente por la rampa de tierra, pero de repente comenzaron a resbalar y de golpe el camión volvió a caer hasta el fondo.

- Haremos un intento más; empujar con todas vuestras fuerzas.

Empujaron empleándose a fondo; incluso los niños echaron una mano y, lentamente, las ruedas fueron ascendiendo hasta salir. Entonces todos dieron gritos y saltos de alegría, como cuando marca un tanto el equipo nacional.

Un pequeño trecho les distanciaba de la carretera N-190, y para no volver a caer en otra trampa de arena, dos hombre caminaron delante del vehículo comprobando el terreno y guiándolo por el lugar más seguro. De esta forma, lenta pero segura, consiguieron alcanzar la pista. Habían perdido más tiempo de lo previsto en atravesar por aquel lugar y ahora tenían que ir a toda prisa si querían llegar a tiempo. Ya no importaba salvaguardar la mecánica; ahora debía de exprimir el motor al máximo y llegar cuanto antes a la zona de bosque. El terreno era llano y la carretera no tenía ni una curva; el sol brillaba en lo alto calentado la chapa del vehículo y convirtiendo la cabina en un horno.

Con el extremo calor, Eulalio comenzó a acusar nuevamente el cansancio; sólo la adrenalina de conducir al máximo de velocidad lo mantenían despierto. Aunque continuamente le rondaban temores por la cabeza, no quería despistarse un instante y provocar un accidente ya que a tal velocidad sería mortal. El recuerdo de las recientes alucinaciones le hacían temer lo peor. Se esforzaba por mantenerse despierto, pero la luz intensa le producía una especie de lagunas; durante décimas de segundo no veía nada, todo se fundía en blanco, todo quedaba cubierto por una especie de neblina. Después volvía a vislumbrar la carretera y de repente vio algo sorprendente: un hombre a lo lejos haciendo autostop. Era algo de lo más insólito, pero esta vez no parecía ninguna visión, era de lo más real. Cuando se fue acercando pudo reconocer aquel rostro: se trataba nuevamente de su abuelo, que llevaba más de veinte años muerto. Cuando estuvo a su lado desapareció. La aparición fue tan real que incluso miró a su mujer para ver si ella había visto algo, pero se encontraba profundamente dormida. Después, de nuevo, los fundidos en blanco se daban más de continuo. Entonces, perdió definitivamente la consciencia; tras tantas horas sin dormir sin comer y apenas sin beber, le dio una lipotimia.

El camión circulaba a toda velocidad y comenzó a dar bandazos de un lado a otro de la carretera; en cuanto una de las ruedas saliese del firme chocaría contra las rocas enormes que se apostaban en la cuneta. A la velocidad que circulaba el accidente sería mortal y ninguno de ellos saldría de aquella con vida. Entonces Eulalio que permanecía inconsciente sobre el volante se balanceó hacia un lado haciendo que este torciese. Iban directos hacia el desastre y las personas que marchaban en la parte posterior ni siquiera lo advirtieron. En la cabina la mujer y los niños permanecían dormidos.

    - Eula, Eula, despierta —escuchó con claridad la voz de su abuelo, que aun cuando ya había cumplido los dieciocho le seguía llamando Eula como si fuese un niño.

Abrió los ojos y sintió una calma intensa, la cabina del camión se llenó de fragancias florales, y a su lado, sentado junto a él, se encontraba su querido abuelo.

    - Tienes que hacer un último esfuerzo Eula, —le dijo sonriente y le guiñó un ojo justo antes de desaparecer.

Entonces miró a la carretera y vio que estaban apunto de estrellarse contra las rocas. Dio un volantazo con todas sus fuerzas y pisó a fondo el freno; el camión derrapó descontroladamente, pero rápidamente perdió velocidad; entonces soltó el freno y presionó de nuevo el acelerador, de esta forma consiguió controlar el vehículo.

38

Cada mañana los cazadores se preparaban para salir; se organiza-
ban en pequeños grupos y se dirigían hacia las colinas cercanas.
La caza era abundante; era fácil conseguir conejos y perdices y,
en algunas ocasiones, se reunían todos para salir a por presas mayores. Normalmente se conformaban con pequeñas presas, algo
de carne o pescado. Pues en las cristalinas aguas del arroyo las
truchas abundaban. Las mujeres solían recolectar frutos y semillas
y de esta manera conseguían una dieta bastante equilibrada. Marasalá era un cazador de mediana edad, con mucha descendencia;
además de él y su esposa, tenía ocho bocas más que alimentar. Su
hijo mayor, que contabas con siete años, acostumbraba a salir con
su padre para aprender cómo conseguir alimento. Primero revisaban los lazos que dejaba puestos por la noche en las veredas cerca
de las madrigueras de los conejos y a menudo solían tener suerte,
con lo que ya si conseguían algo durante el resto de la mañana sería comida demás; si les sobraba preparaban una comida ahuma-
da, carne o pescado seco que se guardaba como reserva para
afrontar los fríos y duros días de invierno. Esta mañana, al llegar a
la ladera donde se encontraban las conejeras, se encontraron con
varias capturas, así que dedicaron el resto del tiempo a explorar.
Como ya se habían asegurado la comida, buscaban ahora frutos
más difíciles de encontrar, exquiseteces como las trufas. El pequeño Bergen marchaba en cabeza, explorando los alrededores; le
encantaba salir a cazar con su padre, sobretodo en los días claros
como hoy. Intuyó algo extraño; una forma poco usual aparecía
entre unos matorrales. Se acercó y descubrió que se trataba de un

hombre. Se trataba de una persona vestida de forma extraña; con toda seguridad, debía de ser un forastero. Era la primera vez que Bergen veía alguien que no perteneciese a su clan. En seguida llamó a su padre y entre los dos bajaron al hombre de la montaña llevándolo al poblado. Se encontraba inconsciente; por su aspecto se deducía que llevaba muchos días caminando; finalmente la falta de agua y comida le habían pasado factura, quedando inconsciente, tirado en el monte en un estado lamentable. Marasalá era un buen hombre y acogía a cualquier persona en su hogar, haciendo gala de su hospitalidad.

-Mujer, prepara sopa para este hombre, yo iré a ver al hechicero.

Dejaron al extranjero durmiendo sobre el lecho de pieles de la pareja.

Pasaron varios días antes de que pudiese levantarse y caminar, y durante todo aquel tiempo fue aprendiendo el lenguaje de sus anfitriones.

Era un hombre muy sabio y trajo grandes avances; muchos le tomaron por un dios, otros por un hechicero, pero fuese como fuere todos comenzaron a seguirle. Ordenó construir un lugar, una especie de capilla donde colocar a su dios. Se esperaba su pronta venida. Pero los años pasaron y nadie llegó desde el oeste. Entonces se dio cuenta de que algo había ocurrido, algún hecho inesperado. La reliquia tenía que colocarse en aquel lugar si querían que el planeta continuase estable. Ya siendo un anciano, antes de darse por vencido y viendo que el emplazamiento construido en madera se estaba deteriorando, ordenó construir uno en piedra que fuese capaz de aguantar el paso de los siglos. Bajo él se enterró el mineral que suministraría energía a la reliquia, esperando que un día regresase.

Takarinoe era el capitán más joven y tenía a su cargo uno de los mayores barcos. Como no era de los más expertos, transportaba animales, una gran variedad de fauna autóctona, de las regiones que ahora estaban siendo devastadas por el agua. En la gran nave viajaban también su mujer y sus hijos. Aunque era uno de los capitanes más jóvenes, ya contaba con más de treinta años y en esa época era habitual casarse alrededor de los dieciséis o diecisiete años. El puesto de capitán había que ganárselo con muchos años de experiencia como marino. El gran navío partió del antiguo continente, del que ahora sólo quedaban las zonas más elevadas apareciendo como pequeñas islas. El viaje fue largo y complicado; al tercer día comenzó un gran temporal y perdió de vista al resto de buques que formaban el convoy. Tuvo que apañárselas como pudo. El fuerte viento le desvió de su ruta y la observación de la cúpula celeste para conseguir orientarse era totalmente imposible; en aquellas condiciones la visibilidad era prácticamente nula. Pasaron muchos días bajo aquel diluvio y cuando por fin la tormenta amainó se encontraban perdidos en medio del océano. El fuerte temporal arrancó las velas con sus mástiles y ahora el enorme arca navegaba a la deriva. Las corrientes oceánicas les arrastraban hacia algún lugar, de eso no cabía duda, pero ¿a dónde? Y lo que era más importante: ¿cuándo llegarían? Pues no disponían de víveres indefinidos y el agua potable comenzaba a escasear.

La entrada de la caverna era realmente imponente. Ahora el suelo estaba cubierto por la gran cantidad de estalactitas y pedazos de roca desprendidos del techo a causa de los seísmos.

Todos se arrodillaron ante la antigua estatua. Muchos de ellos ni siquiera creían que realmente existiese.

Teníamos que llevar la reliquia cuanto antes al interior del arca. ¿Pero cómo íbamos a levantarla? A simple vista podía deducirse que pesaba varias toneladas.

- ¿Cómo vamos a trasladarla? —pregunté a Nawi, y este a su vez le pasó la pregunta a su abuelo.

Según lo que recordaba, disponían de unas vigas que se introducían en la base formando un bastidor por el que poder levantarla. Pero por más que miraba no encontraba nada que se le pareciese.

- Espera un momento, creo que puede ser…

Especulaba el profesor mientras tanteaba con sus manos una especie de columnas labradas que había a ambos lados de la estatua. En un principio parecían talladas en la misma roca, pero descubrimos que eran piezas sueltas de un material metálico. Entre varios hombres las sacaron de su posición y las encastraron encajándolas perfectamente en unas ranuras escondidas en la base de la reliquia. Diez hombres a cada lado, en fila con el bastidor sobre sus hombros, esperaron la señal del anciano para levantarla al unísono. Del mismo modo que un paso de semana santa erguido por los costaleros, la pesada estatua, al igual que una virgen, fue levantada y transportada con paso firme hasta el lugar que claramente le correspondía sobre la cubierta del navío. El último tramo fue el más complicado, ya que había que subir a la parte superior por una inclinada rampa. El enorme barco me impresionaba una y otra vez, dejándome atónita. Toda la madera estaba cubierta de una capa protectora, una especie de brea o similar, que junto con el clima invariable de la cueva habían conseguido mantenerlo intacto todos estos años. El viaje prometía ser emocionante; viajaríamos con los descendientes directos de los atlantes, y además en una embarcación milenaria repleta de secretos. ¿Qué más podía pedir un arqueólogo? Desde luego, Yunakoshi parecía estar viviendo un sueño.

Todos permanecíamos alerta por si se producía otro terremoto. Prácticamente estábamos listos para zarpar, solo quedaba la prueba definitiva: saber si la embarcación, además de flotar, era capaz de mantenerse de una pieza al descender por el embarcadero. No podíamos entretenernos ni un momento: el techo de la gruta estaba repleto de grietas y amenazaba con venirse abajo. Un nuevo seísmo podía sepultarnos a todos bajo la montaña. Eulalio ya debería de estar aquí, pero no había ningún indicio de que fuese a llegar. Ordené a uno de los chavales que subiese a la cima de la montaña para que pudiese tener una mejor vista y así hacer de vigía y avisar en caso de que viese llegar a alguien. Las horas fueron pasando lentamente y ya no podíamos esperar más. Por mayoría decidimos partir. Permanecer en la cueva era demasiado arriesgado; si algún desprendimiento de rocas dañaba el navío todo nuestro esfuerzo habría sido en vano. Nawi salió al exterior y dio unos silbidos avisando al chaval para que bajase.

- ¿Has visto algo, algún indicio de que alguien se esté aproximando?

La respuesta del muchacho fue negativa; era triste, pero lo más probable es que no lo hubiese conseguido; quizás los últimos terremotos le pillasen desprevenido y ni siquiera fuese capaz de llegar a su pueblo; tal vez cuando llegó ya no quedaba nada y toda su familia había fallecido sepultada. De cualquiera de las maneras lo más sensato era partir cuanto antes. Todos embarcamos y subimos a la cubierta superior; desde ese lugar se podían soltar las amarras, una tarea complicada debido al tamaño del buque. Una vez más, se prepararon varios grupos dirigidos por el abuelo de Nawi. En esta ocasión todos tuvimos que ayudar, los cabos eran enormes y debíamos sincronizarnos para soltarlos al mismo tiempo, de lo contrario el barco podía desestabilizarse al quedar sujeto solo por una zona. Si todo salía como estaba planeado, una vez liberado se desplazaría por la rampa y entraría en la laguna.

El anciano dio la orden y todos empujamos hacia arriba para sacar las enormes sogas de sus lugares de anclaje. El tamaño de estas cuerdas era colosal, su grosor era similar al de la cintura de un hombre y levantarlas no era tarea sencilla. Entonces se escuchó un latigazo, uno de los equipos había conseguido desenganchar el cabo de estribor; ahora solo quedaban el cabo central y el de babor. Empujábamos con todas nuestras fuerzas: o liberamos cuanto antes el barco o podría zozobrar en la misma plataforma de lanzamiento.

- ¡Esperen, esperen ya llegamos! —se escuchó gritar a una persona con voz desesperada.

La estructura de madera crujía, emitiendo unos sonidos espantosos. La situación era de lo más peligrosa: o conseguíamos liberar el arca o nos íbamos todos a pique.

El abuelo de Nawi se asomó desde la cubierta y vio abajo a Eulalio y su familia, acompañado por varias personas más. Les hizo señales para que subiesen a toda prisa por la rampa antes de que todo se desmoronase. Sin perder un segundo, subieron, y a toda prisa se pusieron a ayudar tirando de las sogas para desatar el navío. Entonces todo comenzó a temblar de nuevo, esta vez de una forma mucho más violenta; enormes bloques de roca caían desde las alturas, si cualquiera de ellos caía sobre nosotros sería el fin. El barco comenzaba a escorarse, si no conseguíamos soltar pronto las amarras, se saldría de la plataforma.

- ¡Vamos una vez más, ahora todos juntos! ¡Venga un poco más que ya lo tenemos! —gritaba Eulalio a la vez que empujaba con todas sus fuerzas para levantar la enorme soga.

Empujamos con todas nuestras fuerzas: Nawi y Kokori, incluso Smith gastó sus últimas energías a pesar de estar malherido. Se escuchó el sonido de un trueno, al quedar libre la soga de babor, entonces el barco se deslizó centrándose de nuevo sobre la rampa de bajada, amarrado únicamente por la soga central. Todos corrimos a soltarla, pero era totalmente imposible; además de estar extenuados, ahora todo el peso de la nave recaía sobre ella y era prácticamente imposible soltarla. Seguramente había sido diseñada para ser soltada con un número mucho mayor de hombres. La reliquia comenzó a emitir un extraño sonido. Un enorme bloque se desprendió del techo cayendo hacia nosotros; parecía que nos iba a aplastar, pero golpeó con precisión milimétrica sobre la enorme soga que se partió. Todos resbalábamos por la cubierta, dando tumbos de un lado para otro intentando sujetarnos a cualquier sitio. Después, el buque chocó contra el agua de la laguna y todos volamos por los aires durante una fracción de segundo. Por todas partes llovían piedras de diferentes tamaños que se desprendían de la bóveda.

Smith yacía desvanecido en el suelo; el enorme esfuerzo que realizó para soltar la soga, había abierto la herida causándole una hemorragia interna. Usó sus últimas fuerzas para conseguir liberar el navío.

El sonido emitido por el extraño artefacto aumentó hasta volverse ensordecedor. La nave flotaba perfectamente y comenzó a moverse; esto es lo último que recuerdo antes de caer desvanecida. El tremendo sonido de alguna forma hizo que todos nos desplomásemos, algunos permanecimos varias horas inconscientes. Cuando me desperté, me encontré con El profesor que permanecía a mi lado y me preguntaba que tal me encontraba.

- ¿Qué ha sucedido? —le pregunté.

- Al parecer, la sonda extraterrestre ha emitido una serie de frecuencia, colapsando de alguna manera nuestro sistema nervioso y todos nos hemos desplomado. Cuando despertamos estábamos fuera de la gruta, a unos metros de la boca por la que debimos de salir. Pero eso no es todo: todos nos hemos despertado revitalizados, hemos soñado que éramos niños; una especie de recuerdos felices de nuestra infancia pasaron por nuestras mentes, y lo más increíble, el pequeño Eula y Smith parecen recuperados.

Era increíble la enorme embarcación; se movía avanzando sobre las aguas como si fuese impulsada por un motor. El profesor, que había estado haciendo algunas pruebas, concluyó que se trataba de un sistema de inducción electromagnética. El artefacto era capaz de conferir energía al casco del navío, creando un campo magnético que le hacía avanzar sobre las aguas. Esta tecnología era lo último en impulsión marítima, y la armada estaba desarrollando un prototipo de submarino que fuese capaz de avanzar utilizando esta fuerza. Por el momento solo se habían conseguido realizar algunos experimentos con éxito. El problema principal radica en la enorme cantidad de energía que se necesita para mover una nave de esta manera.

El primer día lo pasamos en cubierta; todos estábamos inquietos pues no sabíamos a dónde nos dirigíamos; espero que sea a buen puerto. Los niños en seguida comenzaron a comportarse como si llevasen toda la vida navegando. Después del largo día llegó la primera noche, una noche sin luna, con un cielo despejado, del que saltaban las constelaciones. Por toda la cubierta del barco se habían formado pequeños grupos, donde la gente, sentada en círculos, hablaba distendidamente. Me gustaba pasear e ir parándome un rato en cada uno de ellos para cerciorarme de que todos estaban bien. Era agradable escuchar aquellas conversaciones. La brisa salada del mar nos envolvía y me pareció estar dentro de una burbuja de cristal, uno de esos adornos que al agitarse el agua hace revolotear brillantinas. Después, el abuelo de Nawi se puso en pie y nos llamó. Todos hicimos un gran corro a su alrededor; entonces comenzó a hablar. Sus palabras daban gracias a los antiguos; después se dispuso a entonar una canción de agradecimiento. En seguida se le unieron más voces, hasta que todos la entonamos. Su letra era sencilla y el estribillo se repetía con frecuencia, por lo que al menos esta parte la podías seguir. En cuanto terminó, el padre de Kokori, que parecía que ya le había dado algunos tragos al brebaje que llevaba en una calabaza, comenzó a cantar una canción que se iba inventando sobre la marcha. Era un auténtico *showman* que, con mucha gracia, añadía frases a la canción refiriéndose a alguno de los presentes; estos se levantaban y continuaban cantando, añadiendo alguna frase inventada cuya letra convertían en una especie de chiste. Todos comenzamos a reír y la celebración duró hasta muy tarde. Me desperté a primera hora de la mañana y, aunque el sol me daba en la cara, tenía el cuerpo entumecido por el frío.

- Parece ser que nos dirigimos hacia el sur; pronto entraremos en aguas antárticas —fueron las primeras palabras que escuché nada más incorporarme.

Parecía que Mao había pasado la noche cerca y debía de llevar un buen rato observándome. La sensación era reconfortante; si no fuese por él jamás hubiésemos llegado hasta aquí. Era un buen amigo, una de esas personas que siempre están ahí para lo que haga falta.

Las dos niñas se habían acostado a mi lado, pero por la mañana solo estaba Tina; en cuanto me levanté para mirar dónde estaba Amaya la vi caminando apresuradamente hacia mí.

- ¿De dónde vienes?

- He ido un momento a asomarme por la zona de proa con Nawi.

Entonces vi al muchacho que se quedó algo sorprendido y me saludó de forma nerviosa con la mano. Quedaba claro que entre los dos estaba surgiendo algo más que amistad.

- Creo haber visto un iceberg a lo lejos.

- Si, es muy probable, Yunakoshi dice que nos estamos aproximando al océano antártico.

- Creo que deberías prestarle más atención a Mao.

- ¿A qué te refieres? Siempre he escuchado y debatido todas sus teorías…

- No me refiero a eso mamá. Quiero decir que le gustas.

- Pero, ¿qué estás diciendo?

- Hay que estar ciega para no darse cuenta. ¿No ves con qué ojos te mira?

- Calla, calla, que te va a oír.

En ese momento Yunakoshi se dio la vuelta y al dirigirme la mirada no pude evitar sonrojarme. Ahora que le miraba como a un hombre, me dí cuenta de que era muy apuesto. Como éramos amigos desde la universidad, siempre le trate como a un colega más. La situación era bastante complicada: ¿cómo me iba a acercar y preguntarle sobre sus sentimientos hacia mí?

- Mao, creo haber visto un iceberg en el horizonte — comentó Amaya; de esta forma el profesor se acercó y se sentó a hablar a nuestro lado.

Después, Amaya se levantó y dijo que iba a buscar algo para desayunar; de esta manera me quedé a solas con él. Pero no sabía qué decirle; entonces comenzamos a hablar de cuando nos conocimos en el campus. De esta forma fui dirigiendo la conversación hacia donde me interesaba. De repente, cuando nos encontramos hablando de a quién le gustaba a cada uno en aquella época, le tendí la trampa; ahora estaba acorralado y de esta forma podía saber lo que pensaba sin ponerme en una situación demasiado comprometida.

- ¿A ti te gustaba María?

- Lo cierto es que era una excusa para pasar más rato junto a ti y tener algo de lo que conversar. Sé que este no es el mejor momento ni el lugar más adecuado, pero llevo años queriendo decírtelo; en realidad siempre me gustaste tú.

- ¿Pero cómo en todos estos años no me has dicho nada?

- En seguida comenzaste a salir con tu ex marido; después llegaron las niñas y aunque siempre permanecía a la espera, nunca encontraba el momento adecuado para decírtelo.

Le cogí de la mano y me sentí como una colegiala; caminamos hasta el borde de la cubierta y contemplamos el sol elevándose lentamente al amanecer. Durante varios minutos, no fui capaz de decir una palabra, los dos permanecimos inmóviles; después me aflojó la mano y comenzó a acariciármela.

41

La segunda noche no fue tan apacible; el viento helado soplaba con violencia; continuamos a resguardo en el interior del buque. Allí permanecí abrazada al profesor mientras los ancianos contaban viejas leyendas. La sensación de vivir entre aquellas gentes era liberadora; de repente, el tiempo no parecía tener importancia y todos los días eran buenos para celebrar algo. No importaba el dinero, ni siquiera sabían lo que era; tampoco sabían lo que eran las prisas o el agobio del trabajo. Con toda seguridad poseían el mayor de los secretos, algo que no se puede comprar ni con todo el oro del mundo: la felicidad, la alegría de estar vivos y de disfrutar de cada día. Quizás esta era la auténtica fuente de la eterna juventud. ¿De qué sirve vivir mil años sin conocer la felicidad?

Cuando salimos por la mañana a la cubierta nos quedamos sorprendidos al ver todo congelado. Había una capa de nieve cubriéndolo el barco, y el aire era tan frío que cortaba. A nuestro alrededor flotaban enormes montañas de hielo, fantasmagóricos iceberg. Una fina neblina nos invadió y aquel silencio sepulcral solo era quebrado por los témpanos de hielo que de vez en cuando chocaban contra el casco del barco. No sé a qué velocidad debíamos navegar, pero con toda seguridad nos movíamos más rápido que la mayoría de los buques modernos. Durante todo el día tuvimos que permanecer en el interior, en las enormes salas iluminadas por candiles de aceite. Sus pareces de madera tallada con motivos legendarios contaban la historia de los antiguos. Mao y yo aprovechamos el día para investigar y tomar anotaciones de todo lo que veíamos. Según fue cayendo la tarde y el sol descendía lentamente, la temperatura se volvió más agradable y al llegar la tercera noche pudimos salir de nuevo al exterior, donde todo permanecía en calma.

Amaya y Nawi se quedaron despiertos para ver amanecer. Desde la proa se podía notar la velocidad al recibir la brisa sobre el rostro. La melena de Amaya volaba alborotándose. Nawi permanecía de pie tras ellas, abrazándola por la espalda mientras contemplaban el horizonte. El cielo tomó tonos azulados cada vez más suaves diferenciándose del azul oscuro del océano. Las aguas mansas como las de un lago inferían una sensación de calma. Él permanecía con el pecho pegado a su espalda y, con un movimiento suave de su cabeza, posaba su mejilla contra la de ella acariciándola lentamente. El tiempo parecía detenerse para los dos jóvenes que durante horas permanecieron abrazados. La nave entera descendió barios metros; de forma súbita, los muchachos notaron esa sensación de vacío en el estomago que se crea con la ingravidez. A lo lejos comenzó a percibirse algo; en un principio solo se trataba de una sensación, después se pudo escuchar nítidamente un sonido similar al que produce una caracola. Algo parecía aproximarse a gran velocidad. A Amaya el estomago parecía encogérsele; poco más tarde la luz clara del horizonte desapareció y el oscuro mar se levantó como una muralla enorme dirigiéndose hacia ellos. Algún seísmo submarino había producido una enorme ola. Se aproximaba a gran velocidad y era difícil determinar su altura; parecía como si toda una cordillera se les viniese encima. Nawi dio de inmediato la voz de alarma y todos corrieron a refugiarse en el interior del navío. Cerraron rápidamente las enormes puertas, asegurándolas con sus traviesas de madera. Nawi y Mao se esforzaban por dejar bien encajado el tablón que sellaba la entrada, cuando fueron lanzados por los aires. La gigantesca ola había conseguido dar la vuelta al barco, haciéndolo zozobrar y quedando este sumergido bajo las aguas. Los candiles que iluminaban los largos corredores se apagaron y en la oscuridad se escucharon los gritos de las personas que se golpeaban contra las paredes zarandeados por el oleaje. El agua entraba lentamente por el cerco de la puerta, confirmándoles que estaban sumergidos. En medio del océano, bajo muchos metros de agua, tenían pocas posibilidades de escapar. Entonces la nave comenzó a girar lentamente hasta darse la vuelta por completo. El arca diseñada por los antiguos era insumergible y al estar construida en medare flotaba como un corcho, y como el casco era mucho más pesado, era imposible que permaneciese durante mucho tiempo en equilibrio flotando del revés. Una vez volvieron a pisar el suelo, se dispusieron a abrir las puertas. Se escuchaban multitud de voces quejicosas armando un gran revuelo, Nawi intentaba encontrar a Amaya, pero por más que la llamaba nadie contestaba. No había manera de enterarse de nada; era imposible avanzar entre la multitud que se encontraba tirada por el suelo.

- ¡Nawi, Nawi! Ayúdame a abrir la puerta —dijo el profesor.

Con el enorme zarandeo que sufrió el buque, la puerta se encajó quedando atorada. Yunacoshi intentaba con todas sus fuerzas levantar la traviesa que liberaba las hojas, pero no conseguía que se moviese ni un milímetro. El muchacho se agarró a la viga e intentó con todas sus fuerzas elevarla, pero el resultado fue el mismo. Si lograba abrir, la luz del exterior entraría, y de esta forma podrían atender a los heridos. Por todas partes se escuchaban sus quejidos, pero Nawi únicamente pensaba en Amaya; estaba muy preocupado, aunque no quería ser pesimista e intentaba pensar que se encontraría segura junto a su madre y su hermana.

- Kokori, ¿dónde estás? —gritó Nawi.

- Estoy aquí —se escucho una voz apenas a un metro.

- Tenemos que liberar la entrada; hay que conseguir soltar el madero.

El muchacho se acercó hacia la puerta, palpando con las manos hasta encontrar el lugar. Yunakoshi dio órdenes de empujar con todas sus fuerzas y así lo hicieron, pero ni la gran fuerza de Kokori conseguía producir algún efecto.

- Esperar un momento —se escuchó decir a alguien.

Se trataba de Smith; aquel hombre grande y fuerte como una mula era el más apropiado para esta tarea. Se agarró a la viga y a su señal los cuatro empujaron con todas sus fuerzas. La madera comenzó a chasquear, pero no lograban desplazar el tablón. Entonces el madero se liberó de golpe y los cuatro salieron disparados al exterior rodando por la cubierta. La visibilidad era buena y todo parecía estar en calma. Los cuatro se miraron y Kokori comenzó a reírse contagiando a los demás. Pero enseguida Nawi se quedó en silencio, se levantó rápidamente y salió en busca de Amaya. El corredor principal estaba atascado de personas que aún permanecían apelotonadas unas sobre otras. Ayudaron a todos a salir al exterior; así, poco a poco, fue abriéndose paso hacia el interior. La oscuridad se cernía sobre los largos pasadizos; el enorme interior del arca era como una pequeña ciudad subterránea llena de túneles que formaban una laberíntica red. Una luz se encendió al fondo y corrió hacia ella. Encontró a Roice con un candil en sus manos atendiendo a varias personas que habían sufrido contusiones. Amaya, Tami y Tina se encontraban junto a ella. Nawi corrió hacia ella, notó como el corazón le volvía a latir y se abrazaron.

Pese a lo grave del accidente, todos se encontraban bien, con algunos chichones y moretones, pero nada de importancia. Se habían salvado por los pelos; si Nawi y mi hija no se llegan a encontrar despiertos la enorme ola nos hubiese pillado por sorpresa y todos habríamos sucumbido. Desde ese mismo instante organizamos unos turnos de guardia, y al menos una persona permanecía siempre alerta desde la parte más elevada de la embarcación, vigilando que ninguna nueva ola se acercase. Pasaron un par de días más sin ningún incidente hasta que a la tercera mañana, justo cuando el disco solar hacía su aparición por el horizonte, el vigía comenzó a dar voces. Todos nos asomamos acercándonos al borde de la cubierta. Por fin divisábamos tierra firme.

El navío, que parecía ser dirigido de forma automática, entró por la desembocadura de un río. Navegamos remontando el curso durante varias horas. Teníamos la orilla muy cerca y pudimos ver la devastación que los terremotos habían causado. No se veía ninguna persona, solo pequeñas ciudades de pescadores totalmente destruidas; los pocos barcos que permanecían sobre el cauce de la ría, estaban destrozados y hundidos; el resto de embarcaciones aparecían tierra adentro en los lugares más inverosímiles. Por lo poco que podíamos ver nos hacíamos una composición de la situación. Era posible que muy poca gente hubiese sobrevivido, y las personas que quedaban lo habían perdido todo. El planeta entero sucumbió bajo la fuerza de los seísmos. En el caso de que consigamos colocar el artefacto en el lugar que le correspondía y de esta forma conseguir que el mundo se estabilizase, ¿cómo nos organizaríamos, cómo viviríamos? La actual civilización había sido demolida y debíamos comenzar de nuevo. Tal vez era una oportunidad, el momento de empezar con otro pie, de hacer las cosas bien, despacio y sin prisas, aunando la sabiduría de los Tarazashi, su forma de vivir en armonía con la madre tierra y de otra parte nuestra ciencia.

El río parecía ahora muy pequeño y el arca golpeó bruscamente con el fondo quedando encallada. No debía quedar mucho para llegar al santuario. Así que en seguida nos organizamos para desembarcar. Desanclamos la reliquia de su pedestal y, entre varias personas, la fuimos trasladando lentamente. El paso era lento, tedioso y angustioso, aunque nos turnábamos cada poco tiempo; subir con la estatua a hombros por la ladera de las colinas teniendo que sortear innumerables dificultades, quebraba el ánimo y la voluntad del más fuerte.

Yunakoshi subió corriendo la enorme colina para ver si el camino estaba despejado, y desde la cima comenzó a hacer señales, agitando sus brazos arriba y abajo. Después bajó corriendo.

    - Estamos muy cerca; sobre la cima puede verse la formación rocosa en forma circular del lugar elegido por los antiguos atlantes para colocar la sonda.

Esto nos infundió fuerzas para seguir adelante; subimos el monte rápidamente y pronto todos pudimos contemplar el santuario.

Yo era una de las personas que llevaba en aquel momento la reliquia, y aunque ya era el turno de los siguientes porteadores, todos quisimos seguir con la carga hasta depositarla en el centro del círculo de piedra.

42

Cuando llegué no había nada más que una arena fina, un polvo blanquecino parecido al talco. Ha pasado tanto tiempo que ahora al repasar las grabaciones me llegan unas extrañas sensaciones, quizás pena o tristeza, palabras de las que antes desconocía su significado. Durante muchos años me centré en mi trabajo sin desviarme. Lo primero conseguir una temperatura y un clima propicio. El agua subterránea había que extraerla a la superficie. Luego una combinación de elementos y tras algunas reacciones químicas los primeros compuestos de carbono. A lo largo de ese periodo solo el viento y la lluvia me hacían compañía. Algunas veces sus silbidos parecían formar palabras. Pero aunque estaba solo no sentía nada, era frío inerte como el metal. Después fabriqué los primeros organismos, unos muy sencillos, unicelulares que solo se podían ver al microscopio. Pero con el tiempo fueron evolucionando. Cada generación sufría alteraciones genéticas, mutaciones que en la mayoría de los casos fracasaban, pero que con paciencia de vez en cuando daban como resultado un nuevo ser.

43

Una vez la máquina ocupó su emplazamiento, comenzó a emitir unos sonidos, una especie de zumbidos en diferentes tonalidades parecido al que emiten las abejas. El cielo fue cambiando de color; unas líneas brillantes aparecieron cubriéndolo por completo; la emisión de energía creaba un campo magnético formando una especie de aurora boreal. El profesor intuyó que la sonda de alguna forma se estaba configurando, como si recibiese algún tipo de señal interestelar. Sacó su pequeño ordenador y pudo rastrear la enorme cantidad de información que se estaba transmitiendo. Esta señal debía de estar emitiéndose constantemente, pero no podía identificar su proveniencia; podía tratarse de una emisión que había viajado por el espacio durante años, o cabía la posibilidad de que hubiese alguna otra sonda en otro planeta, tal vez en Marte. Quién sabe, pensó; a lo mejor hicieron sus primeras pruebas en el planeta rojo, pero algo salió mal y tuvieron que comenzar de nuevo en este. De cualquiera de las maneras, existía la posibilidad de recibir y traducir por primera vez una señal extraterrestre. Su pequeño ordenador enseguida quedó colapsado por la enorme cantidad de información. Trabajó con estos datos durante días hasta conseguir decodificarla. Se trataba de un enorme registro; era el primer tomo de la gran enciclopedia cósmica. En él se describían sistemas, planetas, galaxias y todas las posibilidades que la química poseía para crear vida.

Comenzaba una nueva era para la humanidad; allí mismo se establecieron y pronto contactaron por radio con supervivientes de todas las partes del mundo. Llegaron personas sabias desde los cuatro puntos cardinales; se trataba de descendientes de los antiguos atlantes, personas que a lo largo de la historia siempre habían jugado un papel relevante en la misma. Generación tras generación recibieron y transportaron el legado de los antiguos. Durante miles de años permanecieron ocultos entre el resto de ciudadanos, esperando que algún día la reliquia regresase al lugar que le correspondía, para reunirse nuevamente dando nacimiento a una nueva era.

Terremoto de Valdivia de 1960

Referencias:

1. ↑ a b c d U.S. Geological Survey (7 March 2006). Terremotos históricos - Chile - 22 de mayo de 1960, 19:11:14 GMT - Magnitud 9.5: El mayor terremoto en el mundo (en inglés)

2. ↑ Hernández Parker, "La epopeya del Riñihue. Editorial Ercilla, 1960

3. ↑ Historia de Osorno, de Víctor Sánchez Olivera, seción Terremoto del 6 de diciembre de 1575(fecha en calendario juliano)

4. ↑ Nuestro.cl, "Documental y memoria" por Cecilia García-Huidobro.

5. ↑ Castedo, Leopoldo, "Hazaña del Riñihue. El Terremoto de 1960 y la Resurrección de Valdivia. Crónica de un episodio ejemplar de la Historia de Chile". Santiago, Editorial Sudamericana, 2000. 134 p.

6. ↑ La Tercera, Icarito. Biografía de Leopoldo Castedo Hernández.

7. ↑ Diario El Austral de Valdivia, 28 de septiembre de 2005. CONYCIT

Bibliografía:

* Hernández Parker, Luis (1960) «La epopeya de Riñihue» Revista Ercilla, Sociedad Editora Ercilla Limitada, Santiago. n.º N°1.308, 15 de junio de 1960. p. 16-17 [1] (en PDF).

* Iida, Kumizi (1984). Catalog of tsunamis in Japan and its neighboring countries. Instituto de Tecnología de Aichi, Toyota, Japón.

* Instituto Hidrográfico de la Armada de Chile (1982). Maremotos en la costa de Chile. Valparaíso, Chile.

* Lagos López, Marcelo (2000) «Tsunamis de origen cercano a la costas de Chile» Revista de Geografía Norte Grande. n.º 27. p. 93-102 [2] (en PDF).

* Servicio Hidrográfico y Oceanográfico de la Armada de Chile (2000). Cómo sobrevivir a un maremoto. 11 lecciones del Tsunami ocurrido en el sur de Chile el 22 de mayo de 1960. Valparaíso, Chile. [3] (en PDF).

* Servicio Hidrográfico y Oceanográfico de la Armada de Chile (2005). Tsunamis registrados en la costa de Chile. Valparaíso, Chile. [4] (en PDF).

La deforestación

Referencias

1. ↑ a b (2006) «Bloque 5. Geografía Económica», Santillana-La Nación (ed.). La Enciclopedia del Estudiante (vol. 8. Geografía General) (en español), p. 155. ISBN 950-46-1597-X.

2. ↑ a b MONTENEGRO, Celina; GASPARRI, Ignacio; MANGHI, Eduardo; STRADA, Mabel; BONO, Julieta; PARMUCHI, María Gabriela (Diciembre de 2004). «1- Situación mundial», Secretaría de Ambiente y Desarrollo Sustentable (ed.). Informe sobre deforestación en Argentina (PDF), Dirección de Bosques (en español), p. 3. Consultado el 18 de septiembre de 2009.

3. ↑ Wiliam F. Ruddiman Los tres jinetes del cambio climático Edit: Turner Noema, pag. 135 ISBN 978-84-7506-852-7

4. ↑ a b c Los tres jinetes del cambio climático Edit: Turner Noema, pag. 136 ISBN 978-84-7506-852-7

5. ↑ a b JORDÁN REYES, Miguel; GARCÍA, Ángel; MARTÍN, Rodrigo (2006). «La deforestación de la isla de Cuba durante la dominación española (1492-1898)» (en español). Consultado el 18 de septiembre de 2009.

6. ↑ (FRA 2005) Informe de la FAO [1] pag. 12

7. ↑ a b c d Situación de los bosques del mundo 2009(FAO)

8. ↑ «Visible Earth: Thailand and Cambodia».

9. ↑ FAO

Bibliografía

* Wiliam F. Ruddiman. Los tres jinetes del cambio climático Edit: Turner Noema, ISBN 978-84-7506-852-7

* La Enciclopedia del Estudiante volumen 8, Edit: Santillana, ISBN 950-46-1597-X

* MONTENEGRO, Celina; GASPARRI, Ignacio; MANGHI, Eduardo; STRADA, Mabel; BONO, Julieta; PARMUCHI, María Gabriela, Informe sobre deforestación en Argentina; edición de Secretaría de Ambiente y Desarrollo Sustentable PDF.

* Situación de los bosques del mundo 2009 (FAO) ISBN 978-92-5-306057-3

Fuente Wikipedia